EMILE GAILLARD EDITEUR
37, rue Gandon, Paris (XIIIe)

La Nièce de M. Pausanias

Série 8

L. SAINT-OGAN

LA NIÈCE DE M. PAUSANIAS

Épisode de la Campagne d'Egypte

Illustrations de J. PÉGOT-OGIER

ÉMILE GAILLARD
Éditeur
37, rue Gandon (XIIIe)
PARIS

AUX AMIS D'ALAIN

JEAN et SUZANNE BLUM

L.-L. SAINT-OGAN.

CHAPITRE PREMIER

— Tiens, voilà M. Porlier parti à son Académie.

— Pauvre cher homme, comme il est maigre !

— Parbleu, toujours dans la lune, il en oublie le boire et le manger.

— Ah ! vous savez, ces savants !

Et la personne qui parlait ainsi n'était autre que la portière préposée à la garde d'un immeuble situé au milieu de la rue Mazarine. Elle se mit à tapoter son index sur son front, geste populaire bien connu pour indiquer quelque bizarrerie du cerveau.

La portière et son interlocutrice, une voisine, suivaient des yeux M. Porlier qui s'éloignait sur la chaussée et venait de butter contre une caisse placée devant une boutique.

— Non, mais regardez-le ; il ne voit même pas à ses pieds. Ah ! tenez, c't homme-là, à part sa science, il ne sait rien de rien...

Ayant ainsi exprimé son opinion sur son locataire, Mme Nesselaire — c'était son nom — rentra dans sa loge.

Cependant M. Pausanias Porlier continuait son chemin vers l'Institut. C'était un homme d'une cinquantaine d'années, aux cheveux grisonnants, au front noble et à l'œil intelligent. Compagnon des Monge et des Volney, il avait consacré sa vie aux études de toutes sortes. Dans sa jeunesse, il s'était occupé de médecine et de chimie surtout. Membre de l'Académie des Sciences et de celle des Inscriptions et Belles-Lettres, il avait publié plusieurs rapports fort remarqués.

Mais comme l'avait pittoresquement déclaré Mme Nesselaire, en dehors de ses chers travaux, le savant ne s'occupait pas de grand'chose.

Il lui arrivait souvent de sortir avec un gilet mal attaché, deux boutons dépassant par en bas et deux boutonnières débordant par en haut. Ses bas mal tirés sur ses jambes tournaient autour des mollets et son jabot ne tenait guère après le col; mais M. Porlier était bien au-dessus de ces choses-là.

Ces façons du savant faisaient le désespoir de la vieille femme qui lui servait de ménagère. Depuis des années qu'elle était chez M. Pausanias et malgré l'affection et le dévouement qu'elle avait pour son maître, Nanette n'avait jamais pu s'habituer au désordre et aux distractions de celui-ci.

— Pensez, disait-elle à la portière et aux commères, ses confidentes, un homme qui ne sait jamais ce qu'il mange. Servez-lui du pain sec ou du blanc de poulet, il ne distingue rien. Ça avale, ça avale, sans rien goûter!... Quasiment que j'n'ai plus aucun goût à lui faire son manger; il laisse tout refroidir, ou alors il se brûle, et il n'en veut pus... J'vous dis que c'est décourageant!...

Ainsi froissée dans son amour-propre de cordon bleu qui voit ses talents dédaignés, Nanette avait encore d'autres griefs :

— Et puis, il se tue à écrivailler. Des fois à des deux heures du matin, il est encore à ses paperasses... Sa lampe n'a plus jamais une goutte d'huile... Quelquefois même, il oublie de se coucher... Je le retrouve sur sa table à moitié endormi et tout grelottant... Ça a-t-il du bon sens?... Si je lui parle, on dirait qu'y sort d'un rêve, y me regarde avec des yeux tout ronds et y me fait signe de m' taire. Ah! tenez, Madame Nesselaire, ça fait pitié que j' vous dis... Sûr que j' m'en irai un de ces jours... J'en ai assez de c't homme-là...

Brave et dévouée Nanette!... Il y avait vingt ans que deux fois par semaine elle proférait cette menace, et la bonne créature eût été bien attrapée, si quelqu'un l'avait prise au mot.

En dehors de son service et de son attachement à son maître, Nanette avait encore un autre intérêt dans la vie. Elle affectionnait les animaux d'une façon qu'on aurait pu qualifier d'exagérée. Dans le vaste appartement où M. Pausanias n'occupait guère que deux pièces, son cabinet de travail et sa chambre, elle avait installé toute une ménagerie. Les chiens, les chats perdus ou malades trouvaient toujours asile dans la maison de la rue Mazarine. Une fois même, Nanette avait recueilli une guenon asthmatique et deux cochons d'Inde, sans compter les oiseaux de toutes sortes, canaris, moineaux francs ou perruches qui faisaient dans leurs cages un bruit assourdissant.

— J' vous le dis, vous nous amenerez la peste avec votre bétail, avait déclaré Mme Nesselaire.

Un matin de grande pluie, la portière essuyait le seuil de sa loge, tout en bavardant avec quelques voisines. L'une d'elles hochait la tête.

— Sûr que la pauvre femme passera pas la journée, elle n'a plus que l' souffle...

— La mort de son mari lui a donné un coup, voyez-vous!

A ce moment, quelqu'un vint demander le monsieur qui habitait le deuxième étage.

Suivant la coutume en usage dans beaucoup de maisons à cette époque — on était en février 1787 — Mme Nesselaire prit sur sa commode un sifflet et alla en tirer deux coups stridents dans la cage de l'escalier. Le locataire ainsi interpellé répondit, en se penchant par-dessus la rampe, qu'il était là et qu'on fît monter la personne qui le demandait.

Cette façon familière et bon enfant d'épargner ainsi aux visiteurs une ascension inutile survécut à la Révolution. En 1830, il y avait encore à Paris « des portières à sifflet » comme on disait, notamment dans le quartier du Marais.

Mme Nesselaire vint reprendre la conversation interrompue.

— Et puis, c'est une misère là-dedans! déclara une des voisines; plus de linge, plus rien! Sur son lit, elle a un méchant jupon pour se garantir. J'vous demande s'il y a pas de quoi geler!... J' lui ai porté un bout de couverture. Malheureusement j'ai pas à revendre non plus.

— Moi, j' lui ai porté du lait ainsi qu'à sa petite. C'est c'te mioche qui fait de la peine. Qu'est-ce qu'elle va devenir?...

— Ils ont pas l'air d'avoir des parents, ni des amis. Jamais personne vient les voir!...

— L' mari devait avoir des tristesses dans sa vie... C't homme-là, il avait comme un fond de chagrin...

— C'est égal! C'est trop tôt pour s'en aller. Qu'est-ce qu'elle peut avoir c'te petite femme-là! Vingt-cinq, vingt-six ans...

Nanette était venue se joindre au groupe des causeuses. Elle avait une figure renfrognée à la suite de la dernière distraction de M. Pausanias qui avait jeté sa poudre à sécher l'encre, en guise de sel, sur une tourte de pigeonneaux, gâchant ainsi un chef-d'œuvre culinaire, mais la servante oubliant sa mauvaise humeur ne tarda pas à s'intéresser à la conversation.

La malade dont s'occupaient Mme Nesselaire et ses amies s'appelait Mme Fagon, elle habitait depuis six mois une mansarde dans la maison voisine. Son mari était mort deux mois auparavant après avoir langui tout l'hiver dans un état de consomption. La femme qui paraissait usée par la misère et le chagrin se mourait à son tour, laissant orpheline une fillette de trois ans environ.

Le ménage dans le court séjour qu'il avait fait rue Mazarine ne s'était lié avec personne. Cependant Mme Fagon, douce et polie, s'était attirée les sympathies de son entourage et quelques voisines compatissantes donnaient leurs soins à la mère et du pain à l'enfant.

— J' vas leur porter de la crème, déclara Nanette, pour le cas que Monsieur en fait!... Pas la peine de lui garder...

Le lendemain matin, la jeune femme mourut. Le médecin qui l'avait visitée se chargea des déclarations et des formalités. Le corps devait être porté dans la fosse commune. Quant à l'enfant, on allait aviser. En attendant, une voisine l'avait recueillie pour lui épargner le terrible spectacle de la mort.

— NON, MAIS REGARDEZ-LE! (PAGE 5).

Nanette était restée absorbée une partie de la journée. Elle n'avait pas répondu aux caresses de son chien favori, et un des chats, qui grimpait sur le buffet — occupation tolérée en temps habituel — avait reçu, à sa grande indignation, une tape sur le dos.

Nanette monologuait de temps à autre :

— Dans le petit cabinet, ce serait très bien.

Ou encore :

— Ça mange comme un oiseau... D'ailleurs, j'ai des économies...

Et ce disant, la vieille bonne avait tiré d'un tiroir un bas où s'entassaient avec quelques écus des pièces de vingt-quatre et de douze sous.

Elle ne recevait pas de gages, à proprement parler, chez son maître. Nourrie, logée, chauffée, elle n'avait guère de dépenses à faire. De loin en loin cependant, M. Porlier se resouvenait qu'il avait une servante, et il lui octroyait quelque argent. Nanette s'achetait parfois une robe de bure, un fichu ou un bonnet. Elle mettait le reste de la somme de côté, toute prête d'ailleurs à l'employer dans la maison, si besoin en avait été.

Ce jour-là, elle comptait sa fortune ; elle avait environ quarante-cinq livres.

— Avec ça, j' pourrai l'habiller pendant longtemps, dit-elle... Pour manger, ça ne coûtera guère plus que la pâté des chiens. Rien qu'avec ce que Monsieur laisse ou gâche, y a de quoi nourrir deux chrétiens...

Le soir, Mme Nesselaire vit avec étonnement Nanette qui rentrait avec une petite fille, aux grands yeux bleus, aux boucles blondes sortant de son petit bonnet. La vieille bonne avait à la main un portefeuille tout usé.

— Dieu me pardonne, fit la portière qui intervenait facilement dans les affaires des autres ; c'est la fille de la défunte voisine.

— Tout juste ! dit Nanette.

— Hé ! bé ! qu'est-ce qu'elle fait avec vous ?...

— Je la prends, déclara triomphalement la servante.

— Où ça ?

— Chez nous !

— Chez vous ?... Et bien, et M. Porlier ?...

La vieille bonne haussa les épaules.

— Lui, il ne s'en apercevra seulement pas !... La petite restera dans ma cuisine et dans ma chambre, j' la coucherai dans le petit réduit... Ni vu, ni connu...

— Quasiment, qu' vous n'avez pas assez de vos chiens et de vos chats, fit la portière.

— Allez-vous pas comparer c'te mignonne à des créatures à quatre pattes ? protesta Nanette indignée... Certes, j'aime bien mes bêtes, mais la petite, c'est autre chose...

— Qu'est-ce que c'est que ça ? demanda en désignant le portefeuille Mme Nesselaire qui cherchait toujours à s'instruire.

— Ça, c'est tout l'héritage de la moucheronne, dit Nanette. C'est des papiers d'écrit que ce monsieur qu'est venu pour le corps m'a lus. Ça ne doit pas valoir grand'chose, mais j' lui garderai tout de même !...

Pendant ce dialogue, la petite fille s'était mise à pleurer en appelant : maman !...

— Pauvre bijou ! fit Nanette en l'embrassant, tu la reverras plus tard, ta maman. En attendant, tu vas venir boire du bon lait sucré.

La fillette pleurait toujours.

— Ça fend-il pas le cœur, un innocent comme ça, reprit la vieille bonne tandis que Mme Nesselaire levait les yeux au ciel en signe d'assentiment.

— C'est encore heureux qu'elle vous a trouvée, remarqua la portière.

Nanette eut un geste.

— Bah, faut s'aider dans la vie !...

Et voilà comment Mlle Rose Fagon fut introduite sous le toit du savant Pausanias Porlier.

CHAPITRE II

Quelques mois se passèrent.

La petite Rose qui avait maintenant cinq ans s'était bien vite habituée à la bonne Nanette, qui la gâtait et la choyait tant qu'elle pouvait.

L'enfant était jolie et intelligente, très pétulante, mais avec un cœur excellent.

Nanette lui avait ordonné de ne pas faire de bruit quand M. Porlier était là, et surtout de ne pas s'aventurer dans les pièces de l'appartement où se tenait le savant.

A l'exemple de la vieille femme, la petite fille en désignant la porte du cabinet de M. Pausanias, avait une façon comique de mettre son doigt sur sa petite bouche rose pour se recommander à elle-même le silence.

Quand elle voulait crier et courir, Nanette l'envoyait dans la cour ou l'emmenait à la promenade.

Mme Nesselaire et les autres commères s'étaient fort attachées à la petite qui parlait facilement et avait déjà des réparties amusantes.

Un après-midi, Rose qui était descendue dans la cour, ne jouait pas avec son entrain accoutumé. D'ordinaire, elle s'en donnait à cœur joie. Là, elle restait immobile et silencieuse.

— Tu es fatiguée ? lui demande Mme Nesselaire.

— Oui.

— Remonte alors.

Rentrée auprès de Nanette, Rose continua à ne pas bouger.

Ses compagnons de jeux, les chiens et les chats vinrent vainement se frotter contre elle, réclamant les caresses et les agaceries habituelles. A peine l'enfant flatta-t-elle de sa petite main la tête des bonnes bêtes. Elle ne voulut pas de son goûter.

Son front était brûlant et elle avait les pommettes des joues toutes rouges.

Nanette s'inquiétait.

— Faut te coucher, ma petiote!...

— Donnez-lui donc un bain de pieds, conseilla Mme Nesselaire qui était montée aux informations, cela lui dégagera la tête.

Rosette, couchée, avait fini par s'assoupir.

— Ça va la remettre, dit la portière, demain il n'y paraîtra plus.

Mais Nanette tourmentée ne pouvait s'endormir. Il était près de minuit. Rose s'agita dans son petit lit. La servante courut auprès de l'enfant qui, rouge et congestionnée, paraissait suffoquer. Elle mettait dans un geste d'angoisse ses petites mains contre son cou, comme pour en arracher le poids qui la gênait.

Nanette avait autrefois perdu un frère du croup. Après tant d'années, la vieille femme reconnut la terrible maladie si meurtrière alors, et qui mettait tant de mères en deuil.

— Mon Dieu! mon Dieu! gémit Nanette, la petite va étouffer.

Elle essaya de soulever la tête de l'enfant pour aider à la respiration.

Des sifflements rauques sortaient de la gorge de Rosette.

— Faudrait un médecin, se dit la pauvre Nanette, mais où en chercher un à c't' heure-ci!

Les larmes inondaient son visage.

Tout à coup, elle se frappa le front:

— Tant pis, j' vais appeler Monsieur, murmura-t-elle. Il a

étudié dans des livres sur toutes les maladies. Il pourra peut-être la guérir.

Violemment, elle alla heurter à la chambre de son maître et ne reçut pas de réponse. Elle recommença.

— Il dort donc bien dur, se dit-elle.

Puis une idée lui traversa l'esprit.

— Il n'est sans doute pas encore couché !

En se penchant contre la vitre, elle aperçut en effet au dehors la lueur de la lampe de M. Porlier qui se réflétait sur le mur en face.

— Ce sera plus facile de l'avoir, pensa-t-elle.

Après un coup sec frappé contre la porte, Nanette entra délibérément dans le cabinet.

Le savant avait eu un sursaut.

— Voilà, voilà, dit-il, je suis prêt ; apportez le potage.

Avec sa distraction habituelle, perdant la notion des heures, M. Pausanias avait cru que c'était le moment de dîner.

— S'agit pas de ça, fit Nanette, mais faut venir tout de suite, Monsieur.

— Venir, où donc ?...

— Dans ma cuisine, y a quelqu'un de malade qu'a besoin de vous...

— Un malade ? dans votre cuisine !...

— Oui, dans le petit réduit. Venez vite.

— Mais voilà vingt ans que je ne m'occupe plus de médecine, protesta Pausanias.

— Ça ne fait rien, venez tout de même.

Tout ahuri, sans trop savoir ce qu'il faisait, M. Porlier impressionné par l'air autoritaire de Nanette, avait fini par la suivre machinalement.

Dans son lit, Rose suffoquait toujours.

Sans s'étonner d'abord de la présence de cette enfant chez lui, le vieillard s'approcha de la couchette. Il avait fait de complètes études médicales et vit tout de suite le danger que courait le bébé. Le médecin reprit le dessus chez lui en ce moment ; d'une voix brève, il donna des ordres à la malheureuse Nanette qui se désespérait bruyamment. Il avait écrit quelques mots sur une feuille de papier.

— Allez chez l'apothicaire, dit-il à sa servante, et dépêchez-vous.

Toute la nuit le savant lutta contre son terrible ennemi, lui disputant pied à pied la vie de Rosette. Enfin, au matin, l'enfant, après un dernier vomissement, retomba épuisée sur son petit lit, mais comme dégagée et respirant enfin.

— Les membranes sont à peu près dissoutes, constata Pausanias, espérons qu'elles ne se reformeront pas.

Il ne songeait pas à se coucher et ne quittait pas le chevet de la petite malade. Nanette lui avait apporté du café au lait et des tartines qu'il avala en hâte.

Ce ne fut que vers neuf heures du matin qu'une idée frappant subitement son cerveau, il demanda à sa bonne :

— Ah ! ça, qu'est-ce que c'est que cette enfant-là ?

— C'est à moi, fit Nanette après une hésitation.

— A vous ! se récria Pausanias. Vous avez un enfant !...

Malgré son étourderie et son manque de mémoire en ce qui concernait les choses de sa maison, il lui semblait n'avoir jamais entendu dire rien de pareil.

— Ce n'est pas tout à fait à moi, dit Nanette, je l'ai adoptée l'année dernière.

— Et où est-elle d'habitude ?

— Ici, avoua la servante.

— Ici, répéta le savant stupéfait. Puis il demanda :

— Où sont ses parents ?

— Elle n'en a plus. C'est pour ça que je l'ai prise avec moi.

Pausanias réfléchissait.

— Mais je ne veux pas d'enfant chez moi, s'écria-t-il tout à coup.

Dans son esprit s'évoquaient au mot « enfant » des idées de tapage et de cris qui le troubleraient dans ses chères études.

— Il faudra la faire partir au plus tôt, vous m'entendez, déclara-t-il.

— Mais, objecta Nanette, puisqu'elle est ici depuis...

ALLEZ, DIT-IL, MAINTENANT ÇA IRA TOUT SEUL (PAGE 28).

Un gémissement de Rose interrompit la vieille femme.

M. Porlier s'était précipité vers la petite et l'examinait de nouveau. Puis soulagé :

— Non, ce n'est rien, je crois que je la sauverai décidement.

Peu à peu, en effet, Rose semblait renaître à la vie. Son souffle était redevenu régulier et la petite figure crispée par la douleur se détendait.

Pendant toute la journée, M. Pausanias ne se lassa pas de soigner l'enfant. Il avait haussé les épaules quand, le matin venu, Nanette lui avait proposé d'aller chercher un médecin.

— Comme ça vous pourrez vous remettre à votre travail, Monsieur.

— Où avez-vous vu qu'on lâche ainsi ses malades, ma pauvre fille ?... Je suis bien capable, je pense de soigner cette enfant...

— Oh ! ce que je disais, c'était pour Monsieur, fit Nanette, qui souriait en dessous.

Au bout de quelques jours, Rosette était guérie. Elle s'était du reste laissée sagement soigner et avait bu toutes les drogues que le vieux savant lui avait ordonnées. Pausanias gardait son ton bourru pour parler à la petite, mais un jour que Nanette la grondait parce qu'elle tenait sa tasse tout de travers, M. Porlier intervint violemment en traitant la vieille bonne de bourreau d'enfant.

Mais le remède fut pire que le mal, car dans son saisissement de la fureur subite du savant, Rose lâcha tout à fait sa tasse.

Enfin, la fillette put se lever, puis descendre dans la cour.

Un matin, Pausanias entra précipitamment dans la cuisine de Nanette.

— Vous savez, ce que je vous ai dit pour la petite... Evidemment, il faut qu'elle s'en aille... mais ce n'est pas pressé... Plus tard, quand elle ira tout à fait bien... plus tard...

— Bien Monsieur, fit la bonne.

— Quoi, bien Monsieur?... On ne peut pourtant pas jeter cette enfant dans la rue puisque elle n'a pas de parents...

Et M. Porlier s'en alla en fermant bruyamment la porte et emportant, dans sa distraction en guise de mouchoir de poche, un des torchons de Nanette.

Les jours se succédèrent de nouveau. Le vieillard ne reparla plus du départ de Rose. Il paraissait d'ailleurs avoir oublié jusqu'à l'existence de l'enfant, dont la présence dans la maison ne se révélait guère, grâce aux précautions prises par Nanette.

M. Porlier avait commencé un nouveau rapport et depuis quelque temps s'absentait fréquemment pour aller consulter des documents à la Bibliothèque du Roi.

Nanette en profitait pour nettoyer le cabinet de son maître, toujours encombré de papiers poussiéreux auxquels il ne fallait pas toucher. Pendant ce temps-là, Rose courait dans tout l'appartement.

Un matin, l'enfant jouant avec un des chats, fit rouler une balle dans le couloir. La porte du bureau de M. Pausanias était ouverte; la balle y entra, le chat à sa suite et Rosette après le chat.

Avec un rire joyeux la petite fille regardait les efforts de l'animal pour retirer la balle du dessous d'une armoire où elle avait glissé.

Tout à coup une voix grondeuse s'éleva :

— Ah! ça, qu'est-ce qui se permet?...

Rose toute interdite aperçut alors M. Pausanias dans le fond de la pièce, auprès d'un casier où il cherchait un livre.

— C'est le chat, marmotta timidement Rosette, mais si bas que le savant n'avait pas entendu.

Celui-ci s'était rapproché de l'enfant, il murmurait :

— J'ai été trop bon, trop bon... Et voilà... Cette petite envahit tout! Je ne vais plus pouvoir rester chez moi... Il faut en finir...

Il appela :

— Nanette!

— Elle est sortie, répondit Rose qui s'enhardissait. Elle est allée chercher à manger.

— Bien, bien, quand elle rentrera, elle apprendra qui je suis...

Le vieux savant parlait pour lui tout seul, mais Rose qui l'écoutait attentivement avait compris la phrase à sa façon.

— Je le sais bien, moi, dit-elle, vous êtes le monsieur qui a guéri ma gorge...

Pausanias écoutait Rose tout étonné.

— Aussi je vous aime bien, continua la fillette, et je tâche de ne pas faire de bruit parce que Nanette dit que ça vous gêne.

L'enfant parlait d'une petite voix douce et l'on voyait briller ses quenottes blanches entre ses lèvres roses. Elle n'était pas timide de son naturel et regardait M. Pausanias bien en face avec ses jolis yeux bleus.

Le vieillard l'examinait et constatait que le petit visage, qu'il avait vu autrefois contracté et blêmi par la souffrance, avait maintenant des joues rondes et fraîches.

— Elle a l'air intelligente, cette gamine, se dit-il.

Un appel retentit dans le couloir, c'était Nanette qui cherchait après Rose.

— Comment es-tu entrée là, petite malheureuse? s'écria la servante. Veux-tu bien te sauver !...

La vieille bonne craignait que la vue de l'enfant n'ait rendu à M. Porlier ses idées d'expulsion.

Mais Rose ne sortait pas.

— Va-t'en donc ! répéta Nanette.

— Je voudrais bien ma balle, confessa la petite fille; elle est là-dessous.

Le chat lassé n'avait pas insisté pour rattraper le jouet sous l'armoire.

— Tant pis, tant pis, fit la servante, tu en auras une autre.

Mais M. Pausanias avait pris une règle sur sa table et maladroitement la passait sous le meuble.

— Je ne peux pas, avoua-t-il.

— Je l'ai ! s'écria triomphalement Rose qui s'était mise à plat ventre et avait glissé sa main vers la balle. Merci, Monsieur Pausanias.

Et elle sortit enfin, entraînée par Nanette qui s'inquiétait un peu des suites de cet incident.

Mais M. Porlier, au contraire, loin de reparler du départ de Rosette s'informa plusieurs fois de l'enfant. Un jour même il demanda qu'on lui amenât la petite dans son cabinet et prit plaisir à causer avec elle. La fillette avait du reste une intelligence très éveillée pour ses cinq ans.

Et de temps en temps, à des intervalles qui se rapprochaient, Rosette faisait à M. Porlier de petites visites. Ils ne tardèrent pas à devenir les meilleurs amis du monde.

CHAPITRE III

On était au printemps de l'année 1789. Les États généraux s'étaient ouverts le 5 mai, à Versailles, mais leur réunion n'avait fait qu'exciter l'effervescence des esprits. Peu à peu les promenades des gamins sur la place Dauphine étaient devenus des émeutes.

Des hommes plus effrayants encore par leurs regards que par les armes qu'ils portaient se montraient dans les rues.

La royauté était tombée; l'Assemblée législative avait remplacée la Constituante et s'était dissoute à son tour devant la Convention.

Pausanias Porlier avait beau ne vouloir rien connaître de ce qui se passait autour de lui; il ne put ignorer l'arrestation de son ami Lavoisier avec qui il avait fait des expériences sur l'intensité des couleurs.

Il reçut un jour, un ordre d'avoir à se présenter au Comité de Salut Public et ce ne fut pas sans émotion qu'il arriva au Pavillon de Flore. Heureusement, il ne s'agissait que de faire l'analyse d'une eau-de-vie livrée aux troupes par les fournisseurs.

Mis ainsi en rapport avec le gouvernement révolutionnaire, le savant fut invité à faire avec Séguin, dans l'île de Sèvres, des études pour tanner le cuir destiné à chausser les défenseurs de la patrie.

Le Directoire rendit Pausanias à des travaux plus conformes à ses goûts.

Les savants de cette époque ne s'enfermaient pas comme ceux de nos jours dans une étroite spécialité. Comme Monge et comme Volney, Pausanias Porlier d'études en études avait transporté l'objet de ses recherches du domaine de la science pure dans celui de l'archéologie où il se complaisait maintenant.

Pendant ces années tourmentées, Rose avait grandi. C'était maintenant une jolie fillette de quatorze ans, à laquelle le savant s'était tendrement attaché. Lui qui prétendait autrefois ne pouvoir supporter les enfants aimait comme sa fille, la gentille Rosette.

La vive intelligence et la facilité d'assimilation de l'enfant l'avaient charmé, et il s'était fait son professeur, lui ornant l'esprit des connaissances les plus variées et trouvant en elle la plus intéressante et la plus attentive des élèves.

Autour de l'archéologue, les amis aussi s'étaient attachés à l'orpheline. C'était le rayon de soleil qui mettait en gaîté la vieille demeure dont les fusées du rire de Rosette réveillaient joyeusement les échos endormis.

Entre l'oncle Pausanias — comme elle appelait le savant — et Nanette, la petite fille menait une heureuse existence. Elle était d'une nature gaie et expansive, avec un esprit primesautier et original. Forte et grande pour son âge, d'une belle santé, elle aimait le mouvement et l'agitation, au grand désespoir de Nanette qui craignait toujours que quelque accident n'arrivât à l'enfant.

Pourtant la dévouée servante se fâchait quelquefois après sa favorite. Rose n'avait guère de soins pour ses vêtements et rapportait souvent un tablier déchiré ou un fourreau décousu.

Nanette la morigénait :

— Pas plus d'ordre que Monsieur, déclarait-elle. Faudra pourtant que tu t'y mettes, ma petite !

Et pour faire plaisir à la vieille femme, Rose prenait de temps en temps une aiguille pour ravauder un bas, mais la pensée de la petite fille s'en allait bientôt loin de sa reprise.

On était encore en pleine campagne d'Italie.

Nos troupes se couvraient de gloire par delà les Alpes; les succès de nos armes emplissaient les colonnes des journaux; le nom de hameaux inconnus la veille était le lendemain à jamais illustre dans l'Histoire.

Rose dont le patriotisme juvénile et ardent s'exaltait à ces récits héroïques, allait lire *Le Moniteur* à Nanette, tandis que la servante fabriquait une soupe au potiron ou un haricot de mouton.

La vieille femme essayait de calmer l'exubérance de la fillette. Rose alors s'indignait et reprochait à sa vieille amie de ne pas aimer sa patrie.

— De quoi, de quoi !... faisait Nanette, si que j' l'aime... Comme tout le monde...

La patrie, il faut l'avouer, se confinait un peu pour la fidèle créature à ce coin de Paris qui la contenait elle-même ainsi que son maître, Rose, ses chiens et ses chats.

— Tais-toi donc avec ton général Bonaparte, disait-elle, tu ne parles que de lui.

— Mais c'est magnifique, ce qu'il fait ! ripostait Rose tout enflammée; écoute.

Et elle poursuivait Nanette dans sa cuisine en lui lisant le récit de la bataille. La fillette s'excitait de plus en plus ; sa voix prenait des inflexions claironnantes et son bras se tendait dans un geste combattif quand elle lançait les mots :

— En avant !...

Un soir, M. Porlier qui avait dîné avec un ami, trouva en rentrant sa rue plus éclairée qu'elle ne l'était d'ordinaire par la lueur vacillante d'un de ces réverbères qu'on avait bien définis « des ténèbres visibles ». Grand fut son étonnement lorsqu'en ouvrant la porte de son cabinet, il constata que ses deux fenêtres étaient garnies d'un rang de lampions : c'était Rose qui illuminait en l'honneur de la victoire de Rivoli.

. . . .

La paix était faite avec l'Autriche. Le général Bonaparte était de retour à Paris. Il ne restait plus à la France d'autres ennemis que l'Angleterre. Rose ne tarissait pas de questions faites à l'oncle Pausanias sur les embarcations d'un nouveau système que préparait Monge pour qu'on puisse opérer le débarquement.

La petite fille ne quittait ce sujet de conversation que pour demander si le général était venu à la dernière réunion de l'Académie des Sciences. Qu'avait-il dit? Comment était-il habillé? Cette dernière question était bien inutile à poser à M. Pausanias qui ne distinguait pas un habit vert d'une redingote bleue.

— Il est très modeste, répondait le savant à Rosette, il nous a dit qu'il était plus fier d'être de l'Institut que de ses conquêtes. Il ne va au théâtre que dans une loge grillée pour se dérober aux acclamations et aux regards; mais il a beau faire, la patrie lui est reconnaissante et on vient de décider que la rue Chantereine, où il habite, s'appellera désormais la rue de la Victoire.

Un jour, vers l'heure où l'oncle Pausanias rentrait d'ordinaire de la Bibliothèque Nationale, Mme Nesselaire fit retentir deux coups de sifflet dans la cage de l'escalier.

Nanette venait justement de descendre chercher le souper.

Rose sortit sur le palier et pencha sa tête blonde au-dessus de la rampe.

— C'est un citoyen qui demande à voir le citoyen, cria la portière.

— Mon oncle n'est pas là, mais il va rentrer, répondit Rose.

— Eh bien, je l'attendrai, si vous le permettez, dit une voix sonore et grave du bas de l'escalier.

— Alors, montez, citoyen.

Le visiteur avait lestement gravi les étages. C'était un jeune homme, mince et de petite taille, en habit demi-civil et demi-militaire, très brun avec de longs cheveux noirs.

Rose l'introduisit dans le cabinet du savant.

— Asseyez-vous, citoyen, dit-elle avec un petit salut.

L'étranger avait pris un siège et regardait autour de lui. Dans le cabinet de l'archéologue, tout sombre et encombré de casiers et de bibliothèques de toutes grandeurs, contenant un amas énorme de volumes et de livraisons, la petite personne toute blonde et toute rose de la nièce de M. Pausanias, faisait un contraste piquant.

La fillette se tenait toute droite devant le visiteur. Tout à coup, elle eu un geste.

— Je vous demande pardon, Monsieur, dit-elle, j'ai du linge à racommoder. Si je ne le fais pas, je serais grondée. Vouz permettez?

L'étranger avait souri.

— Comment donc, citoyenne.

Rose était allée vivement chercher sa corbeille à ouvrage et s'étant assise avait déplié un torchon en soupirant.

Le jeune homme avait pris négligemment un livre ouvert sur la table du savant.

— Ah! ah! dit-il en regardant le titre, *Considérations sur la guerre actuelle avec les Turcs*, de mon ami Volney. Est-ce que votre oncle s'intéresse à l'Egypte?

— Oh! oui, il dit qu'on y trouverait tant de choses!...

L'étranger sourit sans répondre.

Rose avait commencé sa reprise. Après avoir tiré deux ou trois fois son aiguille, elle leva les yeux sur son visiteur. Celui-ci contemplait une lithographie de Bonaparte, accrochée à l'un des panneaux.

— Ah! fit la fillette, vous regardez le général?... C'est moi qui l'ai mis là.

Le jeune homme faisait la moue.

— Est-ce que vous le trouver bien ressemblant? citoyenne.

— Je ne sais pas; je ne l'ai jamais vu; mais l'oncle Pausanias le connait, ajouta orgueilleusement Rosette, il a encore causé avec lui l'autre jour à l'Institut. Et vous? L'avez-vous déjà vu?

— Je le connais et je vous avoue que je ne trouve pas son portrait très ressemblant.

Il y eut un silence.

Rose était parvenue à boucher à peu près le trou de son torchon, à grand renfort de bouts de coton entassés les uns sur les autres. Cela ne rappelait que de très loin les reprises si plates et si unies de Nanette.

La fillette plia son ouvrage, trouvant qu'elle en avait assez fait pour cette fois et reprit :

— Vous êtes militaire peut-être? citoyen.

— Oui, Mademoiselle.

— De quelle armée?

— Armée d'Italie.

— Oh ! Alors vous avez servi sous les ordres de Bonaparte !... Vous étiez à Lodi, à Arcole, à Rivoli !...

Les yeux de la petite fille brillaient d'enthousiasme.

Le jeune homme souriait toujours.

— Oh ! ce que j'aurais voulu être là ! s'écria Rosette. Quel malheur que je ne sois pas un garçon. Je serais soldat ! J'aimerais mieux me battre que de coudre, allez !...

L'adolescente s'interrompit brusquement. Cette allusion aux travaux de son sexe lui rappelait un certain écheveau de laine que Nanette lui avait recommandé de dévider. Elle était devenue toute rouge.

— J' vais me dépêcher, dit-elle.

Et se précipitant comme un ouragan dans le corridor, elle reparut bientôt avec un paquet de laine dans les mains. Elle tourna de son côté le dossier d'une chaise et tendit l'écheveau par-dessus, puis elle commença à dévider son fil et à tourner son peloton.

Le militaire s'interposa.

— Vous allez tout embrouiller, déclara-t-il, la laine ne reste pas assez tendue sur la chaise.

Rose eut un geste insouciant.

— J'ne peux pas faire autrement.

Son interlocuteur s'était levé. Avec adresse, il avait enlevé l'écheveau qu'il tendit sur ses deux poignets écartés.

— Allez, dit-il, maintenant ça ira tout seul...

— Vous êtes bien aimable, citoyen, fit l'enfant en tournant sa pelote avec vivacité.

Sa langue marchait aussi pendant qu'elle dévidait son fil : elle avait expliqué au visiteur, ce que c'était que Nanette, et comment elle-même s'appelait Rose et avait près de quinze ans. Mais elle revenait toujours de préférence à la campagne d'Italie, accablant le jeune homme de questions. Celui-ci répondait assez brièvement.

— Ah! bien! s'écria la fillette avec dépit, vous n'en racontez pas bien long! C'est moi qui en aurais à dire si j'avais été là-bas.

— Eh là, eh là, Mademoiselle Rose, fit l'officier, ne tirez pas si fort, vous allez casser votre laine.

La petite en effet imprimait à son peloton un mouvement désordonné.

— Faites bien attention; vous allez avoir bientôt fini.

Un bruit de pas s'entendait dans le corridor.

— C'est l'oncle Pausanias, dit Rosette.

Le savant en effet entrait dans son cabinet. Devant le groupe que formaient l'officier et la fillette, M. Porlier resta interdit; puis se reprenant tout à coup:

— Comment, mon général, c'est vous? s'écria-t-il.

— Serviteur à mon cher collègue, répondit gaiement le jeune homme.

Général! son oncle avait dit: général. Rose demeura stupéfaite.

— Eh bien, ma nièce ne se gêne pas, reprit Pausanias. Elle a eu vite fait de prendre avec vous les manières d'Omphale.

Puis se tournant vers Rosette:

— Tu ne sais donc pas à qui tu as fait dévider ta laine? demanda-t-il.

La petite eut un geste.

Une lueur subite venait de traverser son esprit. Elle jeta un regard sur la lithographie pendue au mur.

— Si, dit-elle, je le sais; c'est le général Bonaparte.

— Eh bien, à présent que tu as vu ton héros, fit M. Porlier, tu vas nous laisser causer seuls. Vas retrouver Nanette.

Avec un regard de regret, Rose avait fait un petit salut à Bonaparte et était sortie de la pièce. Elle voulait d'abord courir à la cuisine raconter à Nanette l'aventure qui venait de lui arriver, mais elle se ravisa — et il faut bien l'avouer ici —

dans le but peu louable d'écouter à la porte. Elle donnait comme excuse à son indiscrétion qu'on n'avait pas tous les jours l'occasion d'entendre une conversation du général.

Les deux hommes parlaient à voix basse, pourtant Rose surpris des phrases comme celle-ci :

— Je suis venu vous proposer de m'accompagner, disait Bonaparte.

— Mais où ?

— Je ne puis encore vous le dire. J'ai promis le secret au Directoire. Je vous assure seulement que vous aurez de belles études à faire et des services à rendre à la patrie. J'ai déjà décidé Monge, Berthollet et d'autres à me suivre. Vous aimez les antiquités, vous aimez à les dessiner, vous en verrez. Vous ne reviendrez pas à Paris sans avoir grossi votre portefeuille.

— Il ne m'appartient pas d'être plus curieux que mes collègues, dit Pausanias. J'accepte votre proposition.

— Vous n'aurez pas à vous en repentir. Je crois que nous nous embarquerons à Toulon vers le mois de mai. En attendant fiez-vous à mon étoile.

Les deux interlocuteurs avaient encore baissé la voix.

Rose ne put plus rien entendre de leurs propos. Elle se retira à pas de loup pour ne pas être surprise dans ce flagrant délit d'espionnage.

La fillette restait très préoccupée de la conversation qu'elle avait surprise. Comment, son oncle allait partir? Pour combien de temps? Il s'embarquerait à Toulon! C'était donc bien loin qu'il s'en irait? Pourquoi faire? L'emmenerait-il, elle, Rose?

La petite était fort perplexe. Elle aurait bien fait part de son anxiété à Nanette que l'on entendait s'agiter près du fourneau, mais il aurait fallu avouer qu'elle avait écouté aux portes et son action la rendait un peu honteuse.

Au dîner, si M. Pausanias parla de Bonaparte, il ne fit du moins aucune allusion à leur conversation particulière.

— Eh bien, tu l'as vu, ton général, avait dit Nanette à Rose ; c'est un homme comme un autre, après tout...

La vieille servante n'était jamais très prodigue de son admiration.

— Non, pas comme un autre, rectifia la jeune fille en secouant la tête.

Mais pourtant elle n'avait pas fait sur Bonaparte les récits qu'on aurait pu croire. Le mystérieux départ en question absorbait toutes ses pensées.

Plusieurs jours se passèrent.

M. Pausanias ne parlait plus de rien. On était au mois d'avril. Quelques semaines seulement les séparaient de la date probable fixée par Bonaparte pour l'embarquement.

Rose devenait taciturne et Nanette s'inquiétait.

— Tu ne manges pas assez, déclara-t-elle, je te mettrai du jaune d'œuf dans ton café!

Un matin cependant, M. Pausanias appela Rose dans son cabinet.

— Je vais t'apprendre une grande nouvelle, lui dit-il.

La fillette se doutait bien un peu de ce dont il s'agissait; elle prit cependant un air étonné en entendant M. Porlier lui annoncer son prochain départ.

— Et moi? demanda-t-elle, posant enfin cette question qui lui brûlait les lèvres depuis si longtemps, m'emmenerez-vous?

— Toi, se récria le savant, as-tu perdu la tête; qu'est-ce qu'on ferait de toi dans une expédition semblable.

— Mais où allez-vous? reprit la petite qui désirait savoir si l'oncle Pausanias avait eu de nouveaux renseignements.

— Je l'ignore. Je sais seulement que c'est pour une mission scientifique en compagnie d'illustres collègues. Que veux-tu que devienne là-dedans une petite fille comme toi?

Rose avait fondu en larmes.

— Je ne veux pas vous quitter, déclara-t-elle.

— Voyons, tu vas être raisonnable j'espère. Je ne serai pas parti si longtemps. Tu m'attendras tranquillement ici avec Nanette.

— Si j'avais su, j'aurais demandé moi-même au général de vous accompagner.

— Tu penses bien qu'il aurait refusé.

La fillette pleurait toujours.

Le vieux savant s'était approché d'elle, tantôt la consolant, tantôt la grondant de se montrer si peu raisonnable.

Elle finit pourtant par se résigner un peu en ayant fait promettre à son oncle adoptif de lui écrire de longues lettres.

Quant à Nanette, elle avait poussé de grands cris en apprenant que son maître allait courir les mers.

— A son âge, s'exclama-t-elle, c'est-y Dieu possible! Le pauvre cher homme a perdu la raison.

Vainement M. Porlier avait cherché à la convaincre en lui expliquant que ses illustres collègues et amis, Monge et Berthollet étaient du voyage.

La vieille bonne n'avait pas désarmé.

— Allez, allez, Monsieur, c'est bon! Il vous en cuira. Ah! vous en aurez de l'agrément à rouler ainsi dans les diligences et à coucher dans leurs auberges de malheur. Un homme que j'ai toujours quasiment mis dans du coton! c'est-y pas une pitié de voir des choses pareilles!...

En maugréant ainsi, la servante avait pourtant préparé les effets de son maître pour le voyage.

Il ne restait plus que trois semaines avant le départ.

Rose avait toujours le cœur bien gros. En plus du chagrin que lui causait sa séparation d'avec l'oncle Pausanias, elle regrettait vivement aussi les plaisirs de la route. Elle n'avait jamais quitté Paris; mais son imagination lui avait souvent représenté les courses des berlines à travers la France, les relais avec les chevaux aux grelots tintinabulants, les claquements joyeux du fouet des postillons, les haltes dans les villes pour manger et dormir.

La mer aussi offrait un vaste champ à ses rêveries. Son oncle allait voir la mer! Naviguer dessus, même!... Elle se figurait la vaste nappe bleue de la Méditerranée, réflétant un ciel également azuré, elle voyait les voiles blanches des bricks et des goélettes gonflées par un bon vent et glissant sur les vagues comme de grands oiseaux.

On jetterait l'ancre dans des pays mystérieux, au bord des fleuves sacrés où des hommes de bronze s'inclinaient devant la fleur du Lotus.

Tous les récits de voyage qu'elle avait lus, lui revenaient à l'esprit : l'Inde, l'Egypte, l'Italie, la Turquie exaltaient tour à tour son imagination et elle se désolait de plus en plus de ne pas être de l'expédition.

CHAPITRE IV

Une circonstance imprévue et douloureuse allait modifier les événements.

Un matin, Nanette ne put sortir de son lit, elle avait de la fièvre et toussait sans relâche.

Rose effrayée vint prévenir son oncle qui se rendit au chevet de la malade.

La vieille femme avait la mine tirée et les yeux très creux.

M. Porlier l'examina et fronça le sourcil d'un air soucieux.

— Il faut être bien prudente, lui dit-il, je crains de la pneumonie, il faut soigner ça sérieusement.

Rose s'était précipitée sur la vieille bonne pour la couvrir.

— Surtout ne bouges pas, lui recommanda-t-elle, ne prends pas froid, je vais m'occuper de tout.

Nanette secoua la tête.

— Tu ne sauras pas.

— Mais si...

— Vas chercher Mme Nesselaire, elle t'aidera. Et puis, mettez bien le café à bouillir dans le lait.

Nanette s'agitait dans son lit.

— Voyons, voyons, on fera comme on pourra, lui dit son maître, je vous ai dit de rester tranquille.

Sur l'appel de Rose, la portière était montée. M. Pausanias ne lui cacha pas son inquiétude au sujet de Nanette.

— C'est une pneumonie double, dit-il, à son âge, c'est alarmant.

Mme Nesselaire n'avait pas compris les mots techniques dont s'était servi le savant. Elle retint seulement que son amie était bien malade.

En effet, malgré les soins assidus que lui prodiguait son maître, il fallut bientôt perdre tout espoir de sauver Nanette. Rose en s'efforçant de cacher ses larmes, ne quittait pas le chevet de la mourante.

Celle-ci ne s'illusionnait pas sur son état.

— Je m'en vas, confia-t-elle à Mme Nesselaire ; s'il n'y avait que moi, ça me serait égal ; mais c'est pour Monsieur et la petite !... Qu'est-ce qu'ils vont faire sans moi ?...

— Voyons, voyons, ne vous tourmentez pas, faisait la portière ; vous irez mieux peut-être.

Nanette secoua la tête d'un air incrédule. Sa faiblesse allait croissant, elle s'éteignit un matin, cinq jours après avoir pris le lit. Sa dernière pensée avait été pour son maître et pour l'enfant qu'elle avait recueillie autrefois.

Le chagrin de Rose fut immense. Elle pleura comme une mère l'excellente femme qui avait entouré son enfance et sa jeunesse d'une tendresse si profonde et si dévouée et à qui elle devait la situation qu'elle avait à présent. Maintes fois, la fillette s'était fait raconter par la vieille bonne, comment, restée orpheline à quatre ans, elle avait été recueillie par Nanette et adoptée ensuite par M. Pausanias.

Et le cœur délicat de l'adolescente ressentait cruellement la perte qu'elle venait de faire.

M. Porlier aussi avait pleuré sa vieille Nanette et il se sentait tout désemparé.

On était aux derniers jours d'avril. Un après-midi Pausanias reçut un message d'une petite écriture toute menue qu'il eut grand'peine à déchiffrer. C'était de Bonaparte qui annonçait que le moment du départ était arrivé.

« Notre ami Monge, ajoutait le général en *post-scriptum*,

« notre ami Monge, qui est à Rome, s'embarquera à Civitta-
« Vecchia, il nous rejoindra en mer avec Desaix ».

La grave question : que faire de Rosette ? se posait plus angoissante que jamais. Le savant n'avait pas encore trouvé de solution. Il fallait prendre maintenant une décision immédiate.

M. Porlier avait songé un instant à mettre sa pupille en pension. Mais cette idée déchaîna chez la fillette une explosion de désespoir, elle se refusa absolument à quitter l'oncle Pausanias.

— Je n'ai plus que vous, disait-elle, il ne faut pas m'abandonner.

Et le vieillard pensait, en effet, à ce que, si peu après la mort de Nanette, la séparation aurait de douloureux.

Un moment, il avait eu la pensée de refuser de partir. Puis, il se souvint que Bonaparte lui avait dit : « Vous servirez utilement la Patrie ». Rester, c'était manquer à l'engagement pris, forfaire à son devoir de citoyen.

Le pauvre homme était dans un cruel embarras.

— Il faut m'emmener, déclara Rosette, il n'y a que ce moyen-là.

— Mais je crois que c'est impossible, répliqua le savant qui ne mettait plus cependant la même résistance à envisager cette perspective.

— Pourquoi ? je suis forte, je pourrais supporter le voyage.

— On ne prend pas de femme à bord des bâtiments de l'État. Pas moyen de t'embarquer avec tes jupes.

— Si ce n'est que cela, je peux bien mettre une culotte.

Pausanias eut un geste d'effarement.

— Est-ce possible ?

— Bien sûr, tenez, en matelot, je serais très bien ; on me prendra pour un mousse.

— Tout cela est bien compliqué, fit tristement M. Porlier.

— En tous cas, mon bon oncle, je ne veux pas rester toute seule ici, déclara Rose, je mourrais de chagrin... Ainsi, arrangez-vous.

. . . .

UN APRÈS-MIDI M. PAUSANIAS REÇUT UN MESSAGE (PAGE 35).

En montant sur le vaisseau amiral, qui les emmenait du port de Toulon, Bonaparte disait à ses soldats :

— Vous êtes une des ailes de l'armée d'Angleterre. Vous avez fait la guerre des montagnes, des plaines, des sièges. Il vous reste à faire la guerre maritime... Le génie de la liberté qui a rendu dès sa naissance la République l'arbitre de l'Europe, veut qu'elle le soit des mers des nations les plus lointaines.

L'escadre sortit de la rade au milieu du bruit du canon et des acclamations répétées par les vaisseaux et les forts.

Soixante-dix bâtiments de guerre et une multitude de navires à transport allaient voguer vers une destination inconnue, devant rallier successivement le long de leur route les convois de Marseille, de Gênes, de la baie de Saint-Florent et de Civitta-Vecchia. Plus de cent cinquante savants faisaient partie de l'expédition : physiciens, chimistes, géologues, mécaniciens, géographes, ingénieurs, architectes, zoologues, botanistes, littérateurs, orientalistes, économistes, peintres, musiciens, sculpteurs, médecins. Il y avait même des aérostiers emportant tout un matériel de Meudon.

M. Porlier et un groupe de ses collègues se tenaient sur le pont du vaisseau amiral contemplant la vue merveilleuse de la rade qui se déroulait derrière eux. Auprès de Pausanias revenait de temps en temps un adolescent aux cheveux bouclés, à l'allure dégagée dans un costume de nankin jaune et qui courait de tous les côtés. C'était, on le devine, Mlle Rosette qui avait gagné son procès et qui, sous ce déguisement nécessaire, accompagnait son oncle dans son expédition.

On savait maintenant qu'on cinglait vers Alexandrie.

Les savants qui accompagnaient nos troupes se rejouissaient à la pensée de débarquer sur la terre antique des Pharaons ; ils travaillaient déjà sur le navire.

Une bibliothèque avait été installée dans une pièce voisine de la cabine du général en chef et qui tenait lieu de salon. De temps en temps, Bonaparte sortait de sa chambre, faisait le tour de la pièce d'études, tirant les oreilles à l'un, ébouriffant les cheveux de l'autre.

Le soir quand il avait fait sa promenade sur le pont, Bonaparte rassemblait autour de lui, ce qu'il appelait son *Institut*, formé des chefs de toutes les armes et des savants.

Mais les graves discussions philosophiques ou scientifiques étaient parfois troublées par les gaîtés de Junot à qui Bonaparte passait beaucoup de choses.

— Général, dit-il un jour, pourquoi Lannes (et dans ce nom, il ne faisait pas de la première syllabe une brève), pourquoi Lannes n'est-il pas de l'Académie ? Il devrait y être rien qu'à cause de son nom, c'est un titre.

D'autres fois, Junot dormait ou faisait semblant de dormir et ronflait à couvrir la voix des causeurs.

Bonaparte l'envoyait se coucher.

— C'est ce que je voulais, disait-il en s'en allant.

La traversée était superbe. Les navires poussés par des vents nord-ouest grand frais qui se soutinrent constamment, allaient à toute allure.

Une crainte cependant ne quittait pas les chefs. N'allait-on pas apercevoir la flotte de Nelson qui fouillait la Méditerranée de tous côtés pour tâcher d'y rencontrer la flotte française?

Bonaparte et l'amiral Brueys avaient presque constamment leur lorgnette à la main pour surveiller l'horizon.

Par un hasard providentiel, on ne fit aucune mauvaise rencontre et l'on arriva bientôt devant Malte.

La flotille de Civitta-Vecchia croisait déjà devant l'île depuis la veille.

L'étendard des chevaliers de Saint-Jean-de-Jérusalem dominait encore le célèbre rocher.

Malte était devenu entre leurs mains le boulevard de la chrétienté. Les membres de l'Ordre n'avaient cessé d'entasser les murs, les remparts et les bastions les uns au-dessus des autres, chaque grand maître avait voulu ajouter quelques nouveaux forts aux anciens pour y attacher son nom.

Mais si la forteresse était inexpugnable par sa position et ses ouvrages d'art, la foi et l'ardeur des chevaliers étaient bien tombés.

Le grand maître à qui Bonaparte envoya en délégation

Dolomieu, le naturaliste, Poussulgue, secrétaire de l'ambassade de Gênes et Junot en grand costume de hussard tout chargé d'or, prêta facilement l'oreille aux propositions avantageuses qui lui furent faites.

La place fut livrée aux Français, Pausanias et ses amis avaient mis à profit cette glorieuse escale. Ils avaient obtenu l'autorisation de descendre à terre et de visiter le fameux rocher.

Ils en parcouraient toutes les baies, toutes les anses ; allaient dans l'intérieur des terres, dans la cité vieille ; étaient descendus dans les îles de Goze et de Cumino.

M. Pausanias se plaisait à rappeler que Lampadouze était l'ancienne Circé ; l'île de Goze, celle de Calypso.

On juge de la joie de Rose en faisant un tel voyage ; elle, qui n'avait jamais quitté jusque-là, la rue Mazarine.

Depuis l'embarquement à Toulon surtout, elle vivait dans un véritable enchantement. Elle avait bien dû payer sa dette au mal de mer et avait passé deux ou trois jours, bien malade dans sa cabine ; mais le beau temps aidant, elle n'avait pas tardé à se sentir le pied marin.

Trois passagers seulement à bord, Bonaparte, l'amiral commandant le navire et Dolomieu, ami de M. Pausanias, connaissaient la véritable personnalité de Rosette qu'on appelait momentanément Victor.

Grande et très mince, la fillette avait eu d'autant moins de peine à se donner une apparence masculine, que sacrifiant à la mode de l'année, elle portait les cheveux bouclés courts. A peine une femme ou une jeune fille sur cent avait-elle à cette époque conservé une longue chevelure.

Pour tous, ce jeune garçon était à la fois le neveu et le secrétaire de M. Porlier.

Naturellement Rose était descendue à terre avec son oncle.

Le jour même où l'on devait se rembarquer, le corps des savants était allé faire une dernière promenade du côté du fort de Marsa-Sirocco.

Rose qui marchait d'abord auprès de son oncle, s'était ensuite attardée à regarder des enfants jouant à la *mora*. Une discussion s'étant élevée entre eux, la fillette s'interessa à celui de deux camps qui lui paraissait avoir raison. Avec son esprit batailleur, volontiers fût-elle intervenue. Un sentiment plus raisonnable la retint cependant. Mais quand la querelle eut pris fin, Rosette n'apercevait plus son oncle ; le savant et ses amis avaient dû tourner dans une des nombreuses petites ruelles qui descendaient vers la mer.

Mais laquelle ? Rose fit quelques pas de çi de là. Nulle part, elle n'aperçut trace des promeneurs, elle interrogea des passants, la plupart ne la comprirent pas.

— Bah ! se dit la jeune fille, je retrouverai toujours bien le port.

Dans une boutique de boulanger où elle était entrée pour acheter du pain, elle trouva le domestique d'un chevalier de Malte qui parlait français et qui lui indiqua son chemin à grand renfort de paroles et de gestes. Il fallait prendre à droite, puis à gauche, puis tourner, puis descendre... Rose était un peu perdue dans toutes ces explications. Elle se remit en route et marcha un peu au hasard. Le spectacle des rues l'amusait beaucoup. Ces étalages d'oranges qui formaient comme de gros tas d'or devant les portes ; ces courges jaunes et vertes pendues en chapelets aux volets des boutiques ; ces fenêtres bleues ou violettes qui tranchaient sur les murs ; tous ces aspects nouveaux divertissaient Rosette et retenaient son attention.

Elle se trouva bientôt sur une grande place où quelques officiers se promenaient en causant.

Au milieu, une fontaine où quatre lions vomissaient des jets d'eau qui retombaient avec un bruit murmurant dans un vaste bassin.

A ce moment débouchait sur la place un groupe de gamins déguenillés, la chemise ouverte sur la peau brune du cou.

Ils parlaient tous très fort et l'un d'eux portait dans ses bras un jeune chien que Rosette, qui s'était arrêtée non loin de là, déclara « un amour de toutou ».

Les gamins continuaient leurs criailleries. Plusieurs cherchaient à s'emparer de l'animal que portait leur compagnon.

Quelques coups de poing s'échangèrent dont le chien avait sa part à la grande indignation de Rose.

Enfin, les belligérants parurent se mettre d'accord. Le plus grand avait imposé silence à ses camarades et leur faisait une proposition qui parut acceptée, du moins autant que Rosette put en juger par leurs gestes, car elle ne comprenait pas l'italien.

Puis la bande de garçons se dirigea vers la fontaine et notre héroïne qui les suivait des yeux constata qu'ils allaient noyer le chien.

Rosette n'y tint plus.

Elle ne fit qu'un bond vers le bassin et, se jetant entre les gamins, arracha l'animal des mains de celui qui le tenait.

C'était là un moment dangeureux. Furieux de se voir ainsi disputer leur victime, les méchants garnements s'étaient tous tournés contre Rose et essayaient de lui reprendre le chien ; mais la fillette tenait bon. Le toutou japait, éperdu, les gamins criaient en italien, Rose protestait en français ; tout cela faisait un joli tapage qui attira l'attention des officiers se promenant de l'autre côté de la place.

Un jeune lieutenant se détacha du groupe et vint mettre le holà entre les combattants.

Il était temps pour Rose qui commençait à avoir le dessous.

Quelques claques distribuées par son allié imprévu mirent en fuite ses adversaires et la fillette resta maîtresse du champ de bataille ainsi que du chien qu'elle gardait dans ses bras. C'était un caniche noir, tout jeune et aux yeux intelligents et doux.

— Vous feriez mieux de le mettre par terre, lui conseilla le lieutenant.

— Il se sauverait.

— Ah ! vous n'avez pas de laisse, c'est vrai.

— Oh ! il n'est pas bien lourd.

En quelques mots, Rose avait expliqué à l'officier qu'elle avait perdu dans la ville ses compagnons de route et qu'elle aurait bien voulu regagner la rade pour remonter à bord du vaisseau de l'amiral Brueys.

Le lieutenant qui la prenait pour un jeune garçon lui raconta à son tour que lui-même appartenait à un régiment qui faisait partie de l'armée de Desaix.

— Nous aussi faisons voile pour l'Egypte, dit-il.

Il avait offert à Rosa de la guider au travers des ruelles qui se croisaient en tous sens.

— Tout ça se ressemble, fit-il, on s'égare facilement.

Le chien commençait à s'agiter dans les bras de Rose qui le flattait de la main pour le calmer.

— Si je lui donnais à manger, proposa-t-elle.

L'officier riait :

— Ça va peut-être devenir un compagnon gênant, vous serez obligé de le lâcher.

— Oh ! mais non, protesta Rosette, tenez le voilà qui est sage.

En effet, sous la caresse de la fillette, le caniche ne bougeait plus.

— C'est égal, soupira la petite, je voudrais bien être arrivée au bateau.

— Je peux vous prendre un peu le chien, fit le lieutenant.

Rose après avoir protesté pour la forme avait accepté la proposition, mais le caniche se mit à aboyer de toutes ses forces en se débattant si bien que l'officier faillit le lâcher.

— Il aime encore mieux être avec moi, constata Rose qui reprit son encombrant fardeau.

Heureusement pendant ce temps, le lieutenant et sa petite compagne étaient arrivés près du port. Ils se quittèrent les meilleurs amis du monde.

— Nous nous retrouverons sans doute à Alexandrie, dit le jeune homme, vous me donnerez des nouvelles de votre chien.

CHAPITRE V

Quand Rosette rentra à bord, elle trouva M. Porlier très en colère.

On allait lever l'ancre dans une heure, et le savant s'inquiétait fort de l'absence de sa nièce.

— Bah ! lui disaient ses amis, il reviendra votre secrétaire, il aura flâné dans les rues.

Pausanias était sur le point de retourner à terre pour chercher après son insupportable pupille, quand on aperçut Rosette dans une chaloupe maltaise.

— Tenez, regardez.

M. Pausanias s'était précipité au devant de la jeune fille qui sautait lestement sur le pont du navire.

Dans son indignation l'excellent homme ne pouvait trouver ses mots.

Le chien que Rose portait toujours dans ses bras s'était remis à aboyer.

— Qu'est-ce que c'est que cette bête-là, s'écria Pausanias retrouvant enfin la parole.

— C'est à moi, je l'ai sauvé !

— A toi ?... Et qu'est-ce que tu vas en faire ?

— Le garder, bien sûr...

— Ici ?

— Dame ! je ne peux pas le reporter à Paris.

M. Porlier croisa ses bras.

— Ah! ça, deviens-tu complètement folle! Ce n'est pas encore assez qu'on t'ait admise sur le navire, il faut encore que tu nous amènes une ménagerie!... Tu verras ce que dira le général.

— Peuh! fit Rosette, il s'occupera bien de ça, le général. Qu'est-ce que ça peut lui faire?... Un chien à bord, c'est pas bien gênant. Je l'appelerai Rivoli d'abord.

Le général comme l'avait supposé Rosette, avait en effet d'autres soucis et ne s'inquiéta pas de ce nouveau passager. L'amiral Bruyes pas davantage, et Rivoli demeura à bord du navire.

Quand M. Pausanias fut calmé, Rosette lui raconta comment elle était devenue propriétaire du chien...

Tout à coup, s'interrompant :

— Ah! mon Dieu! j'oubliais, dit la fillette, il m'a donné une commission pour un des aspirants.

— Qui ça?

— Le lieutenant; je l'ai sur un papier...

— Sur un papier? répéta le savant.

— Pas le lieutenant, la commission.

Elle cherchait dans sa poche et en tira un feuillet plié en quatre qu'elle se mit à lire à haute voix après l'avoir ouvert :

« Dire à l'aspirant Labour que M. Duvernoy est actuellement « à Rennes et lui faire des compliments de la part d'Edgar de « Penhoël. »

— Comment as-tu dit? s'exclama le savant, Pen... Pen?...

— Penhoël.

— Tiens! fit M. Pausanias.

Il était tombé dans une sorte de rêverie.

— Mais qu'est-ce que vous avez, mon oncle, s'écria Rosette, vous ne m'écoutez plus?...

Elle était habituée aux distractions du vieillard, mais il lui semblait que l'histoire de son chien méritait une attention spéciale.

— Penhoël! répéta Pausanias, je connais ça.

Et l'archéologue retomba dans ses méditations.

. . . .

La main de la destinée semblait écarter tous les obstacles devant Bonaparte.

Nelson, parti de Sicile avec ses vaisseaux, avait longé inutilement les côtes de la Provence et de l'Italie et repartait pour la Syrie, devançant ainsi l'escadre française sans s'en douter.

La flottille qui portait le général en chef et son armée avançait donc sans être inquiétée.

On avait dépassé la Crète dont les sommets rosés apparaissaient dans le lointain, se détachant sur le ciel bleu.

La chaleur était très grande et Rosette un peu incommodée pendant la nuit, avait laissé ouvert le hublot de sa cabine.

Mais la jeune fille se sentait néanmoins encore tout étourdie. Le terrible mal de mer n'allait-il pas la reprendre à nouveau?

— Si je montais sur le pont, se dit-elle.

Elle eut vite fait d'enfiler ses vêtements et fit taire Rivoli qui commençait à japper.

Quelques secondes plus tard, elle respirait à pleins poumons l'air de la nuit.

Tout à coup, à l'arrière du navire, un bruit sourd se fit entendre. C'était comme le choc d'un corps tombant dans la mer.

Rosette s'était précipitée vers le bastingage, et en même temps un matelot qui se tenait accroupi sur un paquet de cordes roulées.

Une masse noire flottait sur l'eau.

— Bon sang! fit le marin en enjambant la balustrade.

Rosette très émue avait appelé au secours.

Des hommes de garde accouraient.

— Deux noyés, là, là, criait la fillette.

On apercevait dans la nuit le matelot qui nageait vigoureusement.

Il parvint enfin à saisir la masse noire qui flottait devant lui. On avait jeté des cordages; le sauveteur fut hissé à bord. Il tenait dans ses bras un volumineux paquet. Qu'y avait-il là-dedans?

A la grande stupeur des assistants, on trouva en ouvrant la toile, un énorme quartier de viande, une moitié de bœuf à demi-pourri.

Qu'est-ce que cela voulait dire ? On eut l'explication du fait le lendemain.

La chaleur qui régnait dans ces parages avait gâté une partie des viandes embarquées pour la nourriture des soldats. On tint la chose secrète pour ne pas alarmer les troupes qui se seraient peut-être inquiétées en se demandant comment on les nourrirait, ou qui auraient pu craindre qu'on leur donnât des aliments avariés.

Pour éviter ces deux inconvénients, on se debarrassait pendans la nuit des viandes abîmées.

Les camarades du matelot avaient bien ri de l'aventure et l'avaient blagué sur sa façon de sauver du bœuf mort.

Mais Bonaparte, mis au courant de l'incident, fit venir le marin sur le pont et en présence de l'état-major et des officiers formant le cercle, il le complimenta de son courage et de son dévouement, ce qui mit fin aux propos des mauvais plaisants. *(Historique)*.

Le 1er juillet 1798, les rayons du soleil commençaient à dorer la cîme des minarets lorsque les Français aperçurent Alexandrie. Quarante mille voix saluèrent l'Egypte.

Depuis Malte, tous, jusqu'au dernier mousse du bord, savaient sur quelle terre on allait aborder. Toutes les imaginations s'étaient montées au nom de ce pays antique et mystérieux.

Les savants et les artistes rêvaient déjà à des trésors archéologiques de la terre sacrée et croyaient tenir le flambeau qui éclairerait le dédale des hiéroglyphes ; au fond de l'horizon ils évoquaient les lignes immenses, les proportions colossales d'une architecture fabuleuse.

Les soldats sollicitaient les récits des marins qui avaient visité ces rivages. Leur émotion se trahissait par des exclamations bruyantes. Les matelots faisaient briller aux yeux de leurs crédules auditeurs tous les trésors de l'Orient. L'or, les diamants, les perles reluisaient dans ces contes.

ELLE OBTINT QU'ON LA CHARGEÂT D'UN PETIT TONNEAU (PAGE 65).

A l'aspect des tours d'Alexandrie et de la colonne de Pompée [illegible] de la ligne du désert, le [illegible] de [illegible] des sept merveilles du monde, [illegible]

[illegible] entreprenante [illegible] dont les [illegible] Les [illegible] sont pas [illegible]

[illegible] quand [illegible] la [illegible]

[illegible]

S'[illegible] Nelson [illegible] un moment [illegible]

[illegible] Nelson [illegible] deux jours avant [illegible] Alexandrie [illegible] la Syrie.

[illegible] Alexandrie [illegible] surprise. Elle fut emportée [illegible]

Le débarquement fut [illegible]

[illegible] les vagues de la mer [illegible] les [illegible] les chaloupes étaient [illegible] le soleil [illegible] sur les [illegible] les barques se heurtaient violemment les unes contre les autres.

[illegible] des matelots et des pilotes. On [illegible] le [illegible] du général en chef.

[illegible]

[illegible]

On passa la nuit couché sur le sable. Bonaparte [illegible] d'un [illegible] de fatigue, il dormit [illegible]

[illegible] de la campagne [illegible] d'une [illegible]

[illegible] se [illegible] sur Alexandrie. On souffrait déjà de la soif.

A l'aspect des tours d'Alexandrie et de la colonne de Pompée isolée au-dessus de la ligne du désert, à la vue du rocher qui supporta ce Phare, une des sept merveilles du monde, Bonaparte avait fait une allocution à son armée :

« Soldats, vous allez entreprendre une conquête dont les « effets sur la civilisation seront incalculables. Les destins « sont pour nous. »

La flotte allait aborder quand une voile fut signalée à l'horizon.

N'était-ce pas Nelson ? Bonaparte craignit un moment d'échouer si près du port.

Mais la fortune lui fut fidèle. Ce n'était pas l'escadre anglaise. Nelson avait passé deux jours avant à Alexandrie qu'il avait quittée pour la Syrie.

On attaqua Alexandrie par surprise. Elle fut emportée d'assaut à la baïonnette par une poignée de soldats, au milieu des hurlements des femmes et des enfants.

Le débarquement fut difficile.

Le vent soufflait nord avec violence, les vagues écumantes se brisaient contre les récifs de la côte. Toutes les chaloupes étaient réunies autour d'une galère maltaise que montait Bonaparte. Au milieu d'une mer en fureur, un soleil ardent sur les têtes, les barques se heurtaient violemment les unes contre les autres.

Un mal de mer affreux s'empara de tout le monde, même des matelots et des pilotes. On passa ainsi tout le jour, balloté autour de la galère du général en chef.

Le soir seulement, les troupes purent aborder tout près du banc de récifs où se trouvait la passe qui menait à l'anse du marabout.

On passa la nuit couché sur le sable. Bonaparte fit former un carré au milieu duquel, épuisé de fatigue, il dormit pendant deux heures.

Sous les rayons de la lune l'aspect de la campagne était celui d'une plaine couverte de neige.

Le matin, on se porta sur Alexandrie. On souffrait déjà de la soif.

— J'aurais donné dix ans de ma vie pour un verre d'eau, écrivit plus tard le capitaine Thurman.

Il fut impossible d'en trouver un, même pour Bonaparte à qui on finit par procurer une orange.

En dépit des difficultés et des complications du débarquement, Rosette était descendue sur la terre d'Egypte avec un indescriptible enthousiasme.

— Oh ! mon bon oncle, disait-elle à M. Pausanias, que je suis contente d'être ici !

Elle n'en revenait pas de se trouver ainsi, elle, Rosette, dans la cité d'Alexandre et des Ptolémées !...

L'Egypte était alors au pouvoir des Mamelucks qui la gouvernaient avec une autorité despotique, promenant partout impunément le pillage et la dévastation. Les Français restaient frappés de l'impression de ruine et de misère qui se dégageait du pays.

Leurs pieds heurtaient des fragments de colonnes, des restes de chapiteaux, des éclats de granit, de marbre et de porphyre. Rien n'était debout.

Au château du Phare, les soldats soulevèrent des monceaux de casques et d'épées dévorés par la rouille : c'étaient des débris des croisades.

Rosette s'exaltait devant ce spectacle. Elle n'avait pas repris en débarquant ses vêtements de jeune fille. Il fallait gagner le Caire et elle pensa avec raison qu'elle marcherait plus aisément sous son costume masculin.

Toutefois, presque tout le monde dans son entourage savait maintenant quel était son véritable sexe.

— Ma foi ! j'aime autant ça déclara M. Pausanias ; ça me gênait bien de t'appeler Victor.

Il faut dire ici que souvent le digne homme s'était trompé, ce qui avait bien un peu contribué à faire découvrir la supercherie de sa nièce.

CHAPITRE VI

Débarqués à la lisière des sables de la Barbarie, les Français avaient deux routes devant eux pour atteindre la capitale de l'Egypte.

L'une longeait le rivage de la mer et le bras occidental du Nil, l'autre, plus courte, traversait le désert.

Rosette et son oncle firent partie de la colonne qui prit par la seconde voie.

Le général Desaix commandait l'avant-garde.

Sur cette terre inconnue, où tout était imprévu, tout causait des alarmes. Le salut de l'armée, le succès de l'expédition pouvaient dépendre de l'habileté et de la prudence qui présideraient à la conduite des premières colonnes. C'était pourquoi Bonaparte avait choisi Desaix.

Après les premiers jours, l'enthousiasme des soldats était tombé.

On ne pouvait guère marcher que vers le soir.

La chute rapide du jour, la transparence des nuits favorable aux apparitions effrayantes, une atmosphère embrasée, le silence de ces vastes solitudes troublé seulement par le frémissement des armes et le craquement des sables imprégnés de sel, crépitant sous les pieds des hommes et des chevaux, tout concourait à jeter dans l'âme des soldats un sentiment d'effroi et de tristesse.

La soif les dévorait. Ils comparaient ce pays dénudé et mélancolique, si laid et si monotone, aux riches plaines de l'Italie ; ils évoquaient les étapes d'autrefois dans les villes de la Lombardie et de la Toscane.

— Que sommes-nous venus faire ici ? répétaient les soldats, le Directoire nous a déportés.

Bonaparte était privé de tout comme le dernier de ses hommes, l'état-major dînait souvent d'un plat de lentilles. Les savants étaient fort impopulaires. On les accusait d'être la cause de l'expédition. Aussi les soldats n'appelaient-ils plus autrement les ânes du convoi des fellahs qu'on rencontrait sur la route, que « des savants ».

De plus, le pauvre M. Pausanias était bien éprouvé par les fatigues de la marche. Il montait un cheval, il est vrai, mais ces longues étapes le secouaient beaucoup. Il se tourmentait aussi pour Rose, mais celle-ci se portait à merveille et était ravie de l'expédition.

On était arrivé dans un village appelé Béda. Le général avait ordonné qu'on fit halte.

Autour d'un puits comblé, quelques masures délaissées s'élevaient, annonçant une misère profonde.

Les soldats se laissaient aller, plus que jamais, au découragement. Le général Caffarelli qui avait perdu une jambe et qu'on avait surnommé pour cette raison « le général Jambe-de-Bois » essayait vainement de ranimer l'ardeur de ses hommes.

— Parbleu ! vous vous en fichez, vous, mon général, dit un soldat, vous avez toujours un pied en France.

Exténuées, les troupes s'étaient assises, mourant de soif.

Rosette s'était un peu éloignée et était entrée dans une espèce de ferme dévastée.

La jeune fille poussa tout à coup un cri d'effroi.

D'un pan de mur délabré avait surgi, devant elle, une forme humaine, toute décharnée, semblable à un spectre. C'était une femme arabe qui tenait un enfant dans ses bras.

A l'appel de Rose quelques soldats étaient accourus.

On s'aperçut alors que la femme était aveugle. L'orbite de

ses yeux était tout ensanglantée. Elle semblait, elle aussi, dévorée par la soif.

Les hommes la conduisirent sur les bords du puits dans lequel elle plongea ses doigts et n'y trouvant que du sable au lieu de l'eau qu'elle espérait, elle se mit à pousser des cris de détresse. L'enfant qu'elle tenait dans ses bras pleurait sans cesse.

Cette scène avait horriblement impressionné les soldats déjà découragés.

Rosette s'était précipitée pour tâcher d'obtenir quelques vivres pour la malheureuse femme.

Desaix intervint heureusement à ce moment. Il donna immédiatement l'ordre de déblayer le puits et de ranimer avec des biscuits et du vin l'aveugle dont les cris glaçaient tous les cœurs.

Il apprit par l'interprète que cette infortunée avait été abandonnée par son mari qui voulait épouser une autre femme. Il lui avait crevé les yeux et l'avait laissée dans le désert avec son enfant.

Rosette avait rapporté aussi quelques provisions qu'on laissa à la malheureuse aveugle qui ne savait comment remercier ses sauveurs. Elle touchait les uniformes et les armes des soldats et ne savait quels étaient ces guerriers compatissants que son imagination ne pouvait se représenter.

Pendant ce temps, le sable avait été extrait du puits et chaque homme vint se désaltérer à son tour.

Puis on se remit en marche, quittant la mère et l'enfant que le lendemain d'autres divisions trouvèrent percés tous deux de coups de poignard sur le bord même de la source. La haine du mari n'avait sans doute pu pardonner à sa victime les marques d'intérêt prodiguées par les Français. *(Historique)*.

Cependant on avançait toujours péniblement. Les soldats espéraient se remettre de leurs fatigues à la prochaine étape dans la ville de Damanhour.

Des négociants français, d'Alexandrie, auxquels on avait demandé d'accompagner l'armée disaient :

— Patience, à Damanhour, tout changera.

Mais ils n'avaient pas vu Damanhour et quand on y arriva la déception fut profonde.

La ville tant vantée ne renfermait que des cabanes misérables et des huttes de terre. Le paysage environnant était toujours aussi morne, aussi monotone à perte de vue. La terre noirâtre et fendillée par le soleil s'étendait à l'infini, parsemée de loin en loin de quelques palmiers rachitiques.

Des murmures éclataient parmi les soldats déçus et désespérés.

On vit des généraux dans des accès de découragement prêts à briser leurs épées.

M. Pausanias supportait vaillamment ces privations de toutes sortes ; il était soutenu par l'espoir des merveilles que lui réservaient le Caire et la Haute Egypte. Son tempérament nerveux s'accommodait d'ailleurs assez bien du climat.

Cependant, on avait campé quand même à Damanhour. Dans des cavités peuplées de reptiles immondes, croupissait un liquide bourbeux et corrompu, reste de l'inondation de l'année précédente. C'était la seule eau qu'on trouvait à boire et encore, les habitants du pays, misérables et affamés eux-mêmes, ne la cédèrent-ils qu'à prix d'or.

Cependant l'esprit et la gaieté française ne perdaient pas tout à fait leurs droits.

Un jeune hussard, surnommé par ses camarades Jolicœur et qu'on avait affecté comme brosseur au corps des savants, gardait au milieu de la tristesse générale un entrain admirable. Il trouvait encore des saillies qui faisaient rire ses compagnons. Il s'était pris d'une grande affection pour Rivoli, le chien de Rosette, ce qui lui avait attiré les sympathies de la fillette. Et Rivoli dressé par Jolicœur avait maintenant des talents de société. Il se tenait debout ; un bâton dans les pattes en guise de fusil, saluait, dansait et attrapait au vol un morceau de viande.

— Seulement, faut pas abuser de c't exercice-là, disait Jolicœur, du nanan comme ça, y en a pas déjà trop pour les humains.

Le brave garçon ne disait pas que souvent il se privait d'une part de sa soupe pour la donner à Rivoli :

Et comme Rosette le remerciait :

— Bah ! trop manger, ça rend bête, répondait-il.

On allait quitter Damanhour pour reprendre la marche en avant. La nuit tombait.

— C'est égal, on n'en gardera pas un trop bon souvenir de ce patelin-là, dit Jolicœur.

Il avait fait un dernier tour dans le village avec deux ou trois autres hussards.

— Sûr qu'on ne trouvera pas grand'chose à ramasser, déclara-t-il.

Et il se mit à chanter son refrain favori :

> Ah ! dis-moi, militaire de guerre,
> As-tu ton sacque bien garni ?
> Tiens, voilà quatre chemises
> Qu'ils sont faites de ma main
> Et une bourse bien remplie
> Pour boire dans ton chemin.

— Malheur ! ajoutait-il en riant, faudrait qu'y en aurait à boire !..

Quelques indigènes derrière les trous qui servaient de fenêtre à leurs masures regardaient curieusement dans la demi-obscurité les allées et venues des soldats.

Tout à coup, d'une hutte située un peu à l'écart, des cris et des éclats de voix se firent entendre.

— En v'là qui ne sont pas tout à fait d'accord, fit remarquer un des hussards.

Les clameurs redoublaient.

— Ben quoi ! on s'égorge là-dedans ? dit un autre soldat.

— J'ai envie d'aller voir ce qui s'y passe, fit Jolicœur.

En ce moment, une boule noire lancée comme une flèche vint se butter contre les jambes du hussard.

— Ma parole, c'est Rivoli qu'était dans le fourbi. Qu'est-ce qu'il a bien pu faire, l'animal, pour qu'ils braillent tous comme ça ?...

— Sûr qu'il a pas pris un poulet, fit un soldat en riant.

— Il a pourtant quelque chose dans la gueule, dit Jolicœur en se penchant vers le caniche.

Il éclata de rire et éleva en l'air une sandale de cuir comme en portent les fellahs.

— Il aura pris ça pour du jambon fumé, s'écria-t-il.

Puis il ajouta :

— Faut se trotter, camarades, on va se mettre en branle.

Ils se hâtèrent vers le camp.

— Rivoli, Rivoli ! criait une voix.

— V'là la citoyenne Rosette qui s'inquiète de son chien ! On y va, on y va, m'amzelle, fit Jolicœur.

— J'peux pourtant pas emporter c' te pantoufle-là, continua-t-il, ça ne vaut pas celle de Cendrillon.

Il jeta la sandale dans la direction de la cahute d'où était sorti Rivoli.

— At... tention ! cria-t-il.

Et au pas de charge, suivi de ses compagnons, il rejoignit le gros de l'armée.

. . . .

On avançait toujours, mais le découragement allait croissant.

Une vision trompeuse de la nature contribuait à entrenir le mécontentement de l'armée haletante et altérée.

Sous ses yeux, aux heures les plus brûlantes du jour, flottaient au-dessus du sol d'immenses nappes transparentes au fond desquelles se réfléchissaient les images renversées des monticules de sable, des arbres, des rares hameaux épars ou des cavaliers lancés à toute bride à travers la plaine.

Les soldats couraient sans cesse au-devant de ces lacs qui baignaient l'horizon, au-devant de cette image enivrante qui fuyait perpétuellement devant eux, insaisissable comme l'ombre attachée à leurs pas. Ce phénomène du *mirage* bien connu des caravanes était une des plus cruelles épreuves du désert.

Un matin, pendant une halte, l'attention de M. Pausanias fut attirée par une sorte de stèle à moitié recouverte de sable. Une inscription à demi-effacée présentait encore ces mots :

PRÆ... VIAR...

Ce que le savant traduisit facilement par *Præfectus viarum*, le préfet des routes, mais le reste du texte était enterré.

Pausanias voulait en savoir davantage.

Il demanda au fidèle Jolicœur de l'aider à creuser le sable avec son sabre.

Rosette, armée d'un bâton, fouillait aussi, en écoutant son oncle qui se livrait aux plus érudites conjectures.

Mais la terre était dure et sèche et la besogne avançait lentement.

Aucun des trois travailleurs ne faisait attention que la division avait repris sa marche.

L'arrière-garde était déjà dans le lointain, environnée d'un nuage de poussière où brillait çà et là un éclat de baïonnette quand la stèle fut complètement dégagée.

— Je l'avais bien dit que c'était de l'époque d'Antonin, s'écria triomphalement M. Porlier en copiant l'inscription sur ses tablettes.

Mais alors Jolicœur s'aperçut qu'ils étaient restés seuls.

Rejoindre le gros de l'armée était maintenant impossible.

En admettant que le hussard et Rosette pussent courir, il ne fallait pas demander au savant, déjà vieux et fatigué, un tel effort.

Nos trois héros se regardaient avec perplexité.

— Y a pas, déclara Jolicœur, faut attendre le passage de la prochaine division.

Echelonnées dans le désert, les régiments se suivaient en effet à des intervalles assez rapprochés.

Mais c'était toutefois l'affaire de plusieurs heures, peut-être une demi-journée et il ne fallait pas se dissimuler les dangers que pouvaient courir nos trois Français ainsi isolés dans le désert.

Les mamelucks rôdaient sans cesse dans les environs.

Aucun homme ne pouvait s'écarter des colonnes, aucun officier ne pouvait s'aventurer dans des reconnaissances sans être enlevé, massacré, dépouillé, presque à portée de fusil, par des nuées d'Arabes cachés derrière les flots et les éminences de sable, derrière les moindres accidents de terrain.

— Y a pas, y a pas, répéta Jolicœur qui avait quelques expressions favorites dont il abusait parfois, quand le vin est tiré, faut le boire, n'est-ce pas? même quand il n'y a pas de vin... M'amzelle Rosette, faut prendre votre courage à deux mains.

Il avait examiné soigneusement son fusil

— Bah! avec ce joujou-là, on s'en fiche des mamelucks.

Puis il s'était occupé de la question des vivres.

— J'crois pas que nous ferons un dîner bien gras, murmura-t-il. V'là toujours ma part.

Il avait sorti de sa giberne deux biscuits et un morceau de viande bouillie.

— Ça, expliqua-t-il, je l'ai carotté au cuisinier pour du tabac... J'en suis bien content à présent. Ça fera votre affaire, M'amzelle Rosette.

— On partagera, fit la fillette.

— Dans ma gourde, y a de l'eau-de-vie.

M. Pausanias avait fait la grimace. Il n'aimait guère l'alcool.

— Bah! faut tout de même boire une goutte, Monsieur Porlier, dit Jolicœur, ça vous ranimera.

Rose avait dans sa poche un paquet de pralines que lui avait donné la cantinière.

— Ce sera pour le dessert, fit le hussard. C'est tout de même une gentille dînette, hein?...

Malgré les efforts et la gaieté du brave garçon, le temps semblait long cependant à nos amis.

Rivoli, à plusieurs reprises, avait aboyé en se précipitant en avant.

— Attention, criait Jolicœur, v'là sans doute un moricaud.

Bien que les mamelucks fussent pour la plupart d'origine géorgienne et blancs par conséquent, le hussard persistait à considérer comme des nègres tous les habitants de la terre africaine.

Il y eut deux ou trois alertes, mais l'ennemi ne se montra cependant pas.

Enfin un nuage poussiéreux parut à l'horizon.

— Si c'est pas ces faces noires de malheur qui nous arrivent, c'est sûrement les *copains* alors, déclara Jolicœur.

Il s'était porté en avant.

En effet, c'était bien une division de notre armée qui approchait et on distinguait déjà les uniformes.

Rosette battit des mains.

— Sauvés, sauvés, cria-t-elle, mon brave Rivoli, nous l'avons échappé belle !...

M. Porlier avait abordé le chef de l'état-major et avait raconté à la suite de quelles circonstances, lui et ses compagnons avaient été séparés du restant des troupes. Avec la plus grande courtoisie, l'officier se mit à la disposition du savant.

Jolicœur s'était joint aux hussards. On allait justement faire halte.

Rosette était très disposée à faire honneur au déjeuner ; elle restait avec son chien non loin de son oncle qui causait avec des officiers.

Tout à coup la fillette eut une exclamation :

— Tiens, M. de Penhoël !

En effet, le lieutenant qu'on a vu prêter main forte à Rose sur la grande place de l'Ile de Malte, se tenait près de là.

Lui aussi avait aperçu Rosette et l'avait reconnue. Il vint au-devant d'elle en lui tendant la main.

— Je vois que votre protégé est en bon état, dit-il en désignant Rivoli qui sautait joyeusement autour d'eux. Mais comment êtes-vous ici ? Je ne vous avais pas encore vue !

Rosette raconta l'incident de la stèle et comment elle était restée en arrière avec son oncle et un hussard.

— C'est donc ça, dit le lieutenant.

Ils échangèrent encore quelques mots.

A ce moment, Jolicœur arrivait au pas de charge comme c'était son habitude.

— M'amzelle Rosette ! cria-t-il, M. Pausanias vous réclame !

M'amzelle Rosette ! Le lieutenant très étonné regardait autour de lui à qui ces mots pouvaient bien s'adresser.

On n'a pas oublié que Rose avait conservé ses habits

masculins et que le lieutenant la prenait toujours pour un jeune garçon.

La fillette éclata de rire.

— M'amzelle Rosette, c'est moi, dit-elle avec un petit salut. Pour vous servir, mon lieutenant !... Vous ne vous attendiez pas à cela !...

L'officier avait, en effet, l'air stupéfait.

— Comment, dit-il enfin, vous êtes une jeune fille !

— Hélas ! oui, fit comiquement la pupille de M. Pausanias, j'aimerais mieux être un garçon, allez, je serais soldat...

— Mais pourquoi ce déguisement ?

— Tiens, croyez-vous que c'est commode de se promener dans le désert avec des jupons ? D'ailleurs on ne voulait pas de moi sur le bateau. Alors, la nièce de mon oncle est devenue son neveu, voilà !...

Mais M. de Penhoël ne paraissait pas encore revenu de sa surprise.

— Jamais je ne me serais douté, murmura-t-il.

Et pris d'un remords retrospectif :

— Et moi qui vous ai laissé porter le chien ! s'écria-t-il, si j'avais su !

Rosette riait de nouveau.

— Oui, mais vous ne saviez pas. D'ailleurs, rappelez-vous que Rivoli — je l'ai nommé Rivoli — n'a pas voulu rester avec vous.

— C'est vrai, confessa l'officier.

Jolicœur se tenait à l'écart, il se hasarda à répéter, en faisant le salut militaire au lieutenant.

— M'amzelle Rosette, M. Pausanias vous appelle.

— Ah ! mon Dieu ! je n'y pensais plus, fit la jeune fille qui ajouta en se tournant vers M. de Penhoël !

— Venez donc voir mon oncle.

Le lieutenant la suivit ; elle le présenta à M. Porlier.

L'officier s'était respectueusement incliné devant le vieillard dont il connaissait de nom les travaux.

Le savant avait remercié M. de Penhoël du service rendu quelques semaines auparavant à sa nièce. Ils se quittèrent.

M. Porlier se frappa tout à coup le front.

— Je ne crois pas me tromper, murmura-t-il, c'est bien ce même nom de Penhoël que j'ai lu autrefois sur ces papiers. C'est invraisemblable, mais cela est pourtant, car je ne pense pas faire erreur.

Jadis la pauvre Nanette, après que Rose avait été adoptée par M. Porlier, avait remis à celui-ci, le portefeuille trouvé chez les parents de l'enfant et qui constituait, on le sait déjà, le seul héritage de la petite orpheline. Ce carnet, comme on l'a dit, ne contenait qu'une lettre ou plutôt un fragment de lettre insignifiant et que M. Porlier après l'avoir lu assez distraitement avait néanmoins mis de côté.

Et voilà qu'après dix ans, il se retrouvait en présence de ce même nom de Penhoël qu'il avait cru lire sur le document.

— Oh ! je dois sans doute me tromper, se dit le savant, être abusé par une similitude de sons.

Et il n'y pensa plus.

CHAPITRE VII

M. Pausanias ne croyait pas pouvoir rejoindre ses collègues avant le Caire. Il suivit donc avec sa nièce les étapes de la division qui les avait recueillis.

L'armée approchait du Nil et la torture de la soif du moins, allait cesser pour nos troupes.

Lorsqu'on atteignit le village de Ramameh et qu'on entrevit les lignes argentées du fleuve, chefs et soldats coururent sur la rive et sans quitter leurs armes s'abreuvèrent à longs traits.

Puis promenant ensuite leurs regards autour d'eux, les Français découvrirent un spectacle inattendu.

C'était l'époque où le Nil commençait à croitre et la vallée de l'Egypte à s'épanouir, vivifiée par les inondations.

Aussi loin que la vue pouvait s'étendre, des voiles latines se balançaient à la surface du fleuve. Dans le lointain, se montrait par intervalles la flottille française qui, remontant le courant, se perdait à chaque instant au milieu des îles de dattiers, de myrtes et d'orangers.

Au-dessus du limon des deux rives se détachaient çà et là des bois de palmiers et de sycomores, et sur les bords du fleuve passaient des troupeaux de buffles, tandis que les roues à chapelet des antiques *sakiehs*, élevaient les eaux du Nil et les déversaient sur la terre.

L'armée oublia ses fatigues et ses souffrances et sentit renaître son enthousiasme pour la conquête d'une telle contrée.

Tout annonçait une lutte prochaine et décisive. De forts détachements de cavalerie mamelucke commençaient à harceler les flancs des bataillons français; la fusion s'était faite entre les divisions, et M. Pausanias avait retrouvé ses collègues heureux de le revoir après avoir tremblé pour son sort.

L'armée continuait à remonter le Nil en même temps que la flottille qui portait une partie des bagages et des munitions; lorsque, le 13 juillet, un combat se livra sur le fleuve avec l'escadrille des beys et sur la terre avec une masse compacte de cavalerie.

Après une mêlée longue et opiniâtre, les Français demeurèrent maîtres du Nil.

L'acharnement avait été extrême de part et d'autre. Des équipages avaient eu la tête tranchée; Monge, Berthollet, M. Porlier lui-même et d'autres avaient combattu corps à corps avec les nègres et les janissaires.

Ces savants maudits dans le désert acquirent, dès lors, l'estime et l'admiration des soldats.

Pausanias avait été légèrement atteint au bras. Un premier pansement le soulagea immédiatement.

Rosette restée avec les cantinières n'aurait demandé qu'à prendre part à l'action. Sur ses instances, elle obtint qu'on la chargeât d'un petit tonneau et elle s'en alla distribuer de l'eau-de-vie aux combattants.

Bonaparte avait hâte d'arriver au Caire dont la possession devait lui donner l'Egypte.

Le 19 juillet, l'armée arriva à cinq lieues du Caire. On aperçut les Pyramides et le Mokattam, montagne sur laquelle s'élevait la Citadelle.

Le lendemain, en apercevant les quatre cents minarets de la capitale égyptienne, l'armée poussa des cris de joie.

Bonaparte avait ordonné à ses troupes de prendre position au sommet du delta. L'ennemi cessait enfin de fuir devant les Français, une rencontre allait avoir lieu. Les soldats l'apprirent avec des transports joyeux. Le choc devait se produire dans la plaine des Pyramides.

L'infanterie française attendait avec impatience ce jour solennel qui verrait ses lignes étincelantes se déployer devant ces splendides cavaliers mamelucks.

En face d'une autre civilisation, ce n'était plus seulement l'honneur de la France, c'était celui de l'Europe tout entière qu'elle se regardait comme appelée à défendre.

Le jour était venu; la vie et le mouvement se développaient le long de la vallée avec chaque rayon de lumière.

Les Pyramides se dessinaient à travers le voile de brume qui les enveloppait encore et des masses humaines à formes compactes s'agitaient à leur pied.

Dès que le soleil eut illuminé les gigantesques monuments, l'armée frappa des mains, les tambours battirent aux champs, les étendards s'inclinèrent.

Partageant l'enthousiasme qui rayonnait sur tous les visages, Bonaparte s'écria : « Soldats, vous allez combattre aujourd'hui les dominateurs de l'Egypte. Songez que du haut de ces Pyramides, quarante siècles vous contemplent !... »

Le choc fut formidable.

La terre tremblait sous les pieds des chevaux, l'air retentissait des cris et des hurlements des Mamelucks qui se précipitaient en colonnes serrées sur la phalange française, impassible et immobile.

Ce furent les chrétiens qui eurent la victoire.

Trois mille Arabes étaient étendus dans la poussière. Les soldats français s'enrichirent de leurs dépouilles, tous portaient des turbans de cachemire et des ceintures chargées de piastres et de sequins.

La prise du Caire eut un grand retentissement en Europe.

Bonaparte aussitôt la ville conquise, s'occupa à la réorganiser. Il prit pour cela, les conseils des hommes éminents qu'il avait amenés avec lui.

Les femmes des mamelucks vaincus avaient été très effrayées; un des premiers soins du général en chef fut de les rassurer, il compta pour cela sur l'influence de la femme

— NON, VOUS AVEZ BEAU DIRE, CES GENS-LA, C'EST PAS ORDINAIRE (P. 73.)

[illegible] plus grande [illegible] de [illegible] l'une [illegible] son linge [illegible] pour lui parler [illegible] [illegible]

[illegible]

[illegible] sur [illegible] de [illegible] que les [illegible] dans [illegible]

[illegible]

[illegible] ces choses [illegible] mais [illegible]

[illegible]

[illegible] de [illegible] les femmes [illegible] ne pouvaient pas [illegible] ou la [illegible]

— Elle était [illegible] tout [illegible]

La [illegible] au [illegible] en [illegible] au bout [illegible]

[illegible] tout [illegible]

— Oh ! le [illegible] pas [illegible] pas [illegible]

[illegible]

[illegible] longtemps [illegible]

[illegible] qu'elle [illegible] le [illegible] dans [illegible]

[illegible] dans la [illegible] il [illegible] les [illegible] qu'il [illegible] toutes les [illegible] dont il [illegible]

[illegible] de la [illegible] la [illegible]

de Mourad-Bey, un des plus grands chefs des Mamelucks. Elle jouissait dans la ville d'une haute considération. Il lui envoya le capitaine Beauharnais, son beau fils, pour lui porter un firman (décret) confirmant la propriété de tous ses villages.

Le lieutenant de Penhoël avait accompagné Eugène de Beauharnais.

Ils furent reçus dans une maison magnifique au mobilier somptueux, aux riches tentures de soie.

Sitti-Nefisée, c'était le nom de la femme de Mourah-Bey, avait sous ses ordres cinquante suivantes de tous pays et de toutes couleurs que les serviteurs de son palais eurent beaucoup de peine à contenir : toutes voulaient voir les Français qui venaient d'arriver; toutes se pressaient aux portes du salon pour les apercevoir. Elle reçut les messagers du *sultan Kébir* — c'est le nom qu'on donnait à Bonaparte — avec grâce et dignité et les fit entrer dans une vaste salle où elle leur offrit très gentiment une élégante collation. En la quittant, ils durent accepter une bague d'un travail fin et délicat.

Edgar de Penhoël raconta le soir cette visite à M. Porlier et à Rosette.

— Mais je croyais que les femmes arabes ne pouvaient pas voir les Européens, dit la fillette.

— Elle était voilée, naturellement, répondit Edgar.

La jeune fille avait beaucoup admiré le présent fait au lieutenant par Setti-Nefisée.

— La voulez-vous? lui dit l'officier.

— Oh! Je ne veux pas vous en priver.

— Je serai ravi de vous faire plaisir. Ensuite, elle fera mieux à vos doigts qu'aux miens.

Je ne me vois pas maniant le sabre avec ce bibelot à l'index,

Rosette avait rougi de contentement et était allée montrer le bijou à son oncle.

Celui-ci était dans la joie, il supputait déjà les travaux qu'il allait pouvoir faire et les trésors dont il enrichirait ses connaissances archéologiques.

Bonaparte parlait déjà d'une expédition dans la Haute

Egypte et le cœur de Pausanias battait à l'évocation seule des noms de Thèbes, de Louqsor et de Philœ.

Les savants s'étaient tous logés au centre de la ville.

Dès leur arrivée, ils avaient eu fort à faire.

Comme nous venons de le dire, Bonaparte les avait consultés sur la réorganisation de la ville, sur les réformes à opérer. On allait fonder des hôpitaux, construire des usines à poudre, des fonderies de canons, etc.

L'Institut du Caire fut créé et mis sous la présidence de Monge.

M. Pausanias n'avait pas beaucoup le temps de s'occuper de Rosette. Il l'avait confiée à une des cantinières, brave femme entre toutes et qui s'était prise d'affection pour la jeune fille.

Jolicœur demeuré attaché au service des savants, accompagnait les deux femmes dans leurs promenades quand il le pouvait.

Rosette avait repris des vêtements féminins. Ils rôdaient tous les trois dans les rues de la ville dont la civilisation inconnue pour eux les remplissait d'étonnement.

Le quartier des bazars surtout les amusait.

Les boutiques étaient des sortes de niches sans devanture, à un mètre du sol, dans lesquelles le marchand se tenait accroupi sur une natte au milieu d'un amas de marchandises accrochées au mur, suspendues au plafond, entassées de tous côtés; des ruelles entières étaient occupées par des industries semblables, ici, des parfums, là, des étoffes, plus loin, des cuivres travaillés.

Ce qui avait fort étonné la fillette et ses compagnons, c'était la multitude énorme des cafés. On en comptait quatorze à quinze cents dans la ville. Les Arabes y prenaient des sorbets et du café en écoutant les chanteurs et les musiciens.

Les trois amis trouvaient aussi un grand amusement à regarder la population si variée, les passants si nombreux et si différents qui se pressaient dans les rues au milieu d'une multitude d'animaux : des chevaux, des chameaux, des buffles, des vaches, des ânes, des chèvres, des chiens, voire même des gazelles. C'étaient des mamelucks grands et robustes, aux yeux fiers et hardis, au nez droit et un peu aquilin (1); des Turcomans basanés, au regard sombre et mauvais, au sourcil noir et froncé; des fellahs bien découplés dans leur *gahabieh* (robe) bleue; des coptes descendants des anciens Egyptiens, au ton de peau jaunâtre et fumeux, aux pommettes saillantes et au turban noir; des Arabes orientaux venus de la Mer Rouge; des Arabes occidentaux venus de la Mauritanie; des Bédouins venus du désert.

Le costume des femmes surprenait aussi nos trois Français. Dans les villages, sur leur route, ils n'avaient rencontré que des fellahines (2) qui vont à visages découvert. Ici, ils ne voyaient presque que des femmes voilées, avec les yeux seuls émergeant de la fente du voile et recouvertes de grands manteaux dissimulant la taille.

— C'est pas moi qui aimerai à être habillée comme ça, disait Rosette en faisant mouvoir en toute liberté ses bras et ses jambes.

A chaque instant, le spectacle des rues variait. Tantôt, c'était un porteur d'eau avec son outre formée d'une peau d'animal encore revêtue de son poil noir. Tantôt un enterrement accompagné de pleureuses qui se livraient à leurs lamentations; ou encore le cortège d'une noce suivi de chameaux portant des musiciens qui frappaient sur des tambours de métal ou jouaient du hautbois.

— Eh ben, ils en font un bruit pour se mettre en ménage, fit remarquer Jolicœur.

Des patrouilles de soldats français passaient au milieu de tout cela, formant un singulier contraste par leurs uniformes sombres et leurs figures animées au milieu de la foule bigarrée aux traits immobiles.

(1) On sait qu'ils se recrutaient de jeunes Circassiens qu'ils achetaient; le climat de l'Egypte ne permettant pas d'y élever d'enfants de race étrangère, les mamelucks pour entretenir leur domination et conserver leur contingent adoptaient ces enfants que leur vendaient des marchands d'esclaves et qui plus tard les remplaçaient.

(2) Les fellahs et fellahines forment la population rurale et ouvrière de l'Égypte.

Un matin, Rosette entraîna ses compagnons du côté de la Citadelle.

Chemin faisant, elle s'amusa à leur répéter une légende qu'elle avait entendu raconter la veille chez son oncle par le grand orientaliste Venture, amené par Bonaparte pour lui servir d'interprète.

— C'est pour vous expliquer la fondation de la ville, avait dit la fillette. C'était au moment de la prise de Constantinople par les Turcs. Amrou, le général du calife Omar avait envahi l'Egypte et s'était emparé de la forteresse de Babylone adossée au Mokattam, cette montagne qui est devant nous. Voulant poursuivre sa conquête et aller mettre le siège devant Alexandrie, il donna l'ordre de lever le camp. Au moment où on allait abattre la tente d'Omar, les serviteurs s'aperçurent qu'un couple de colombes y avait fait son nid. Ils en avertirent Amrou.

Fallait-il détruire le nid pour enlever la tente?

— A Dieu ne plaise, répondit Amron, qu'un musulman refuse protection à aucun être vivant, créature du Dieu très haut qui se sera placé avec sécurité sous l'ombre de son hospitalité. D'ailleurs, nous sommes encore dans le mois de Moharem et dans ce mois sacré, la religion interdit tout acte de violence. Qu'on respecte les oiseaux devenus mes hôtes et qu'on laisse ma tente sur pied jusqu'à mon retour d'Alexandrie.

Cet ordre fut exécuté; la tente ne fut point enlevée.

Peu à peu des cabanes s'élevèrent autour d'elle, où habitèrent des fellahs comme s'ils voulaient eux aussi profiter de la protection accordée aux colombes; d'autres maisons se bâtirent.

Ainsi se forma au centre qui devint un quartier du Caire appelé encore aujourd'hui « La Tente ».

Mme Paul, la cantinière et Jolicœur n'avaient certainement jamais entendu parler d'Amrou, ni d'Omar, ils ignoraient également que Constantinople eut été prise par les Turcs et ne se doutaient pas de ce qu'était le mois de Moharem; ils trouvèrent cependant l'histoire de Rosette très jolie.

— Pauvres petites bêtes! fit Mme Paul qui s'intéressait surtout aux colombes.

Ils étaient arrivés à la Citadelle. Devant eux, s'étendait le panorama du Caire, émaillé de ses minarets, dressés comme les mâts d'une flotte dans un port de mer; tandis que la brise agitait aux créneaux de la Citadelle de vieilles armures suspendues en trophées depuis la captivité de saint Louis.

Au loin, de l'autre côté du Nil, la masse sombre des Pyramides se découpait sur le ciel avec, dans le fond, la dentelure des monts de Lybie.

Sur la gauche, tout au pied du Mokattam, se dressaient les tombeaux des califes, presque tous en ruines et élevés sur une montagne de débris poussiéreux et malpropres.

— Quel drôle de pays décidément! constata Jolicœur.

Ils étaient redescendus de la Citadelle sur une grande place dénudée entourée de quelques mazures où des fellahines berçaient des enfants sur leur porte ; d'autres enfants plus grands s'ébattaient au soleil, leur petit corps bronzé seulement recouvert d'un léger maillot.

— Ils sont drôles, ces petits gosses-là, disait Mme Paul, on dirait des joujoux! Sont-ils gentils!..,

Mais Rosette connaissait déjà la superstition des femmes arabes qui croient qu'on porte malheur à leurs enfants en les trouvant beaux et la fillette recommandait à ses compagnons de ne pas regarder les petits pour ne pas inquiéter les mères.

— Ils sont pourtant cocasses, fit Jolicœur, avec leurs mèches en l'air sur le haut de leur tête.

Rosette leur avait expliqué — elle le tenait de son oncle — que tout bon musulman garde ainsi sur le crâne une touffe de cheveux par laquelle le Prophète pourra le saisir quand arrivera son heure dernière.

Le hussard ouvrait de grands yeux, en riant de bon cœur.

— Non! vous avez beau dire, ces gens-là, c'est pas ordinaire.

Quand Jolicœur avait déclaré que « ce n'était pas ordinaire » on était fixé.

— Eh ! mais, s'écria tout à coup Mme Paul, on dirait que le jour baisse. Qu'est-ce qui vont dire à la cantine, s'ils ne me trouvent pas là-bas...

— Voyons, pleurez pas, dit le hussard, on va prendre le galop, d'autant que moi aussi, faut que j'sois rentré pour la soupe.

Rosette aurait bien encore voulu flâner de ci, de là, mais sa vie au camp, lui avait donné l'habitude de l'exactitude militaire ; elle suivit ses compagnons qui redescendaient à toute vitesse vers le quartier.

CHAPITRE VIII

Les savants venus au Caire continuaient à y faire d'intéressantes études sur les mœurs, les coutumes et les sentiments de ces peuples nouveaux.

Tout était d'ailleurs sujet d'observations pour ces hommes que l'amour de la science avait entraînés à faire partie de l'expédition d'Egypte.

Poussés par une curiosité ardente, étrange aux yeux de la population, ils pénétraient dans les enceintes abandonnées, s'arrêtant devant chaque débris.

Du haut de la citadelle, ils cherchaient à distinguer chaque lieu remarquable, chaque monument historique, indiquaient l'emplacement de Memphis au-delà des Pyramides de Gezeh et montraient à leurs pieds, aux portes du Caire, la Babylone d'Égypte.

Quelquefois Rosette accompagnait son oncle. C'est ainsi qu'elle fut emmenée un jour aux Pyramides auxquelles, d'ailleurs, Pausanias et ses collègues avaient déjà rendu visite.

La jeune fille avait été très impressionnée par ces masses énormes qu'elle n'avait aperçues, jusqu'alors, que dans le lointain.

M. Jomart, un des savants, intéressé par la mine éveillée de Rosette et la façon dont elle écoutait, lui avait donné des explications que la fillette entendit avec étonnement.

— Croirez-vous, lui dit-il, que la base de la grande pyramide, celle de Chéops, est équivalente à la façade des Tuileries et à celle des Invalides.

— Oh! ne put s'empêcher de s'écrier Rosette, ça paraît bien plus petit.

— C'est vrai, reprit Jomart; mais c'est qu'en Europe, les objets aperçus d'une élévation bien plus grande sont moins rapetissés à la vue. Je vais encore vous dire une chose qui va bien vous étonner, continua-t-il. Le plus fort archer ne peut faire parvenir une flèche au sommet de la grande pyramide ni, en tirant dans le sens horizontal, dépasser la longueur de la base. Cette dernière distance est pourtant moindre de 109 mètres.

La pupille de M. Pausanias ouvrait de grands yeux.

Le sphinx placé en avant de la seconde pyramide, dite de Chéfren l'étonna encore davantage.

Ce monstre accroupi, avec sa face meurtrie, à moitié enseveli dans le sable et qui était si vieux, si vieux, stupéfiait la jeune fille.

Elle écouta ses illustres compagnons qui causaient à côté d'elle.

L'un d'eux expliquait que la figure de la statue avait été peinte d'une couleur rouge brun, sans doute pour reproduire le type égyptien. Quant aux raies de la coiffure, elles étaient formées par les lits de la pierre taillée.

— C'est le Dieu du soleil levant, dit quelqu'un.

— Au XIVe siècle, la tête du Sphinx était encore intacte et la couleur rouge était éclatante et fraîche.

A cette époque, le cheik Mohammed, surnommé « le Jeûneur de son siècle », croyant se rendre agréable à Dieu fit briser le nez du sphinx.

Deux hommes qui faisaient cette œuvre avec de grosses masses de fer tombèrent sur des éclats de roches et se tuèrent. Au même moment, le Simoun souffla; on n'osa plus toucher au sphinx.

Rosette avait été très intéressée par sa promenade aux pyramides; un autre jour, Porlier l'emmena à Héliopolis; la ville la plus vieille du monde et qui était déjà en ruines depuis longtemps au moment de la fuite de la sainte Famille en Égypte. On y voyait encore un obélisque dont Monge et Desaix avaient vu le pendant à Rome sur la place du Peuple.

M. Pausanias était tombé dans une profonde méditation.

— Songe, dit-il enfin à sa nièce, songe que cet obélisque était déjà là au temps où Moïse allait voir sa fiancée, habitant la ville d'Om (nom égyptien d'Héliopolis), il était déjà là au temps où Joseph était l'échanson des Pharaons.

Une fois, en rentrant d'une promenade avec Mme Paul et Jolicœur, Rosette trouva son oncle en compagnie du lieutenant de Penhoël.

Le jeune officier aussitôt après la prise du Caire avait fait partie des troupes envoyées sur Damiette; il n'avait donc pu revoir Pausanias, ni sa nièce.

Chargé d'une mission pour le général en chef, il était maintenant fixé pour quelque temps du moins dans la capitale de l'Égypte. Il venait fréquemment chez M. Porlier.

Un soir, le vieux savant mettait en ordre quelques notes et documents apportés de France qu'il dépliait et parcourait hâtivement.

Au milieu des papiers se trouvait le petit portefeuille de cuir usé et noirci de Rosette.

— Tiens! j'ai apporté ça ici, se dit Pausanias, au diable si je m'en doutais.

Il avait sorti la lettre du carnet et la relisait distraitement.

— Eh! bien, non, fit-il tout à coup, je ne m'étais pas trompé. On parle bien de Penhoël là-dedans : c'est bizarre!...

La lettre qui n'avait ni commencement, ni fin était ainsi conçue :

« ..... depuis cette époque. J'aurais pu m'y prendre autre-« ment, direz-vous. Je ne le crois pas. Vous connaissez l'in-« flexibilité du chef de la famille. Si votre père n'était pas « mort, peut-être me serais-je adressé à lui. Lui seul aurait « pu, je crois, aborder une telle question. Encore n'aurait-il « sans doute pas réussi!...

« Je n'ai guère de détails à vous donner sur ma vie actuelle.

« Je me sens bien affaibli depuis mon retour d'Amérique. J'y « serais resté si la santé de ma femme bien-aimée lui avait « permis de venir me rejoindre... A quoi bon parler encore « de moi.

« J'ai reçu avec joie de vos nouvelles et de celles de « Penhoël. Les lilas doivent y fleurir en ce moment ; je revois « l'avenue tout embaumée et la terrasse dominant le che- « min de Lorient.

« Mon cher ami, croyez bien...

— La lettre s'arrêtait ici :

— Cela ne signifie pas grand chose, répéta encore le savant. Mais ce Penhoël avec cette avenue et cette terrasse, ça doit être un château. Le lieutenant connaît peut-être ça... Je lui en parlerai.

A la première visite d'Edgar, M. Porlier le prit à part en effet.

En quelques mots, il le mit au courant de l'histoire de Rose, lui apprit comment la petite orpheline avait été recueillie chez lui et lui montra le fragment de lettre où on citait son nom.

Le lieutenant avait eu une exclamation.

— Mais c'est de notre maison qu'il s'agit, s'écria-t-il. Ma mère et ma sœur habitent cette vieille demeure de famille dont nous portons le nom. Penhoël domine, en effet, la route de Lorient et les lilas dont on parle ici sont encore une de ses plus belles parures.

Le jeune officier restait perplexe.

Que venait faire ce nom de Penhoël dans cette lettre trouvée chez un pauvre ouvrier mort de misère quelque treize ans auparavant ? Qui l'avait écrite ? A qui était-elle adressée ?...

Comment répondre à ces questions.

— Je ne peux pas vous dire grand chose, avoua Edgar à l'archéologue, mais j'ai une idée. Si vous le permettez, j'enverrai cette lettre à ma mère. Il y est question, à ce qu'il me semble d'une brouille de famille et de quelqu'un qui a fait la guerre d'Amérique... Ma mère aura pu autrefois connaître autour de nous un personnage auquel ces allusions pourraient se rapporter ; elle nous éclairerait peut-être.

Pausanias trouva excellente l'idée du jeune homme.

— Mais pas un mot à Rose de tout ceci, recommanda-t-il; il est inutile de la troubler.

— Est-ce qu'elle se croit réellement votre nièce?

— Non, elle sait seulement qu'elle a été adoptée par ma vieille bonne d'abord, puis par moi ensuite.

— Elle ne connaît pas l'existence de ce papier?

— Mon Dieu, je lui ai montré autrefois; quand elle a eu l'âge de se rendre compte des choses. Mais cette lettre n'a rien rappelé à sa mémoire. D'ailleurs Rose est heureuse chez moi; elle s'y trouve comme chez elle; sa jeune imagination n'a donc pas cherché à côté des consolations. Elle ne pense guère à ses parents; ma tendresse, je l'espère, ayant comblé le vide qu'aurait pu ressentir son cœur d'enfant. Elle a sans doute oublié jusqu'à l'existence de cette lettre. Je vous avoue que moi-même, je ne me préoccupais guère de ce papier. Il a fallu cette similitude de noms qui m'a frappé pour me la remettre en mémoire. Je ne me doutais même pas que j'avais apporté ce porte-feuille ici; il aura été mélangé avec mes manuscrits!... Enfin, cela peut devenir intéressant maintenant, si vous obtenez quelque éclaircissement; mais je vous le répète : pas un mot à la petite...

Par le courrier suivant, Edgar de Penhoël expédiait à sa mère une copie de la lettre en question, en lui racontant comment elle était en possession de M. Porlier.

On n'avait pas jugé prudent de mettre l'original de la missive, les courriers tombant fréquemment entre les mains des croisières anglaises qui les confisquaient.

CHAPITRE IX

Pendant que Bonaparte organisait le pays qu'il venait de conquérir et investissait du commandement le général Desaix qui devait le remplacer dans l'avenir, pendant que les savants et les artistes poursuivaient leurs intéressants travaux et que Rosette courait la ville avec Mme Paul et Jolicœur, le Nil continuait de croître.

Débordé de toutes parts, il présentait maintenant l'aspect d'un vaste archipel au sein duquel surgissaient des forêts, des îles, des bourgs, des hameaux, des obélisques, des pyramides.

Le jour était arrivé où, chaque année, le pacha entouré des beys et de la population entière constatait solennellement sur le nilomètre la hauteur de l'inondation de laquelle dépendait les subsistance de l'Égypte.

Bonaparte avait voulu qu'on respectât les coutumes du pays et que l'armée prêtât le concours et l'éclat de ses bataillons aux fêtes religieuses des musulmans. Il pensait que c'était une occasion de frapper l'imagination des indigènes.

Il ordonna donc que les Français prissent part à la cérémonie.

Il avait fait ranger ses troupes en bataille et s'était placé, suivi de son état-major et du corps des savants, sous une tente dressée à l'entrée du canal par lequel les eaux devaient faire irruption dans les rues et dans les places publiques du Caire.

Au bruit répété de l'artillerie, la digue avait été rompue et suivant la coutume, la statue représentant la Vierge du Nil, précipitée au fond des eaux, avec des poignées d'or et d'argent, des bracelets et des cheveux que des femmes voilées y jetaient à l'envi pour attirer sur leurs demeures et sur leurs champs les bénédictions du fleuve.

L'eau s'était précipitée dans les rues, transformant le Caire en une nouvelle Venise, avec ses pavillons, ses gondoles, ses lampes aux mille couleurs qui flottèrent le soir au-dessus de la place de l'*Esbekieh* (1) devant les palais des anciens beys resplendissant de tous les feux de l'illumination.

Rosette avait accompagné son oncle. La jeune fille ravie de la fête en avait fait le lendemain de longs récits à Mme Paul et à Jolicœur qui, retenus par leur service, n'avaient vu le coup d'œil que de loin.

L'armée célébrait aussi les fêtes républicaines auxquelles prenaient part les autorités musulmanes parées de la cocarde tricolore.

A la fête du Ier Vendémiaire an VII, on fit partir un ballon bleu, blanc et rouge; mais cette ascension qui aurait dû sembler un si grand prodige aux Arabes, les laissa très indifférents.

Un grand nombre de ceux-ci réunis sur la place de l'Esbekieh ne suivirent même pas des yeux la marche de la Montgolfière qui passa par-dessus la ville en la traversant de l'est à l'ouest; mais le gaz inflammable qui apparaissait au sortir du réservoir pour entrer dans le ballon fut considéré par eux comme un souffle venimeux envoyé par Allah. On avait profité de ce jour pour empoisonner avec de la noix vomique les chiens errants de la ville, forts gênants pour nos cavaliers.

— Nous n'avons pas à nous plaindre, disaient les Arabes, puisque Dieu l'a voulu *(Allah karim)*.

Inutile de dire avec quel intérêt Rosette avait assisté à l'enlèvement du ballon. Ce spectacle avait excité son imagination.

(1) A présent le bassin de l'*Esbekieh* exhaussé et soustrait à l'inondation est devenu un jardin public planté d'arbres rares.

6

M. Porlier et quelques autres de ses collègues avaient été logés dans le palais d'un chef mameluck en fuite. Un jardin s'étendait par derrière où Rosette venait souvent s'ébattre et courir. Malgré ses quinze ans, elle aimait encore les jeux de son enfance, la corde, le cerceau, la balle, les grâces...

Elle essayait d'apprendre à Jolicœur à jouer au volant et se livrait souvent à cette distraction favorite en riant de bon cœur de la maladresse du hussard qui arrivait rarement à rattraper le léger projectile sur la raquette.

— Je pense que vous visez mieux au feu, disait gaiement Rosette.

— Cristi, un mousqueton avec un ennemi au bout, c'est plus commode à manœuvrer que ce machin-là! répondait le brosseur.

Un matin, Jolicœur s'était montré particulièrement maladroit; il n'était parvenu qu'une seule fois à recevoir le volant sur la raquette et encore l'avait-il envoyé, dans un élan terrible, à une distance considérable.

Le volant avait dépassé la haie de clôture qui séparait le jardin de M. Porlier de la propriété voisine.

— Sapristi, fit le hussard.

— Maladroit, avait crié Rosette. Retournez à la maison, je vais aller chercher mon volant.

Une barrière de troènes parfumés séparait seule les deux jardins.

Rosette était leste comme un chat; elle eut vite fait d'enjamber les arbustes, au détriment, toutefois, de quelques branches qui se rompirent.

La fillette, une fois de l'autre côté, regarda tout autour d'elle.

On ne voyait nulle part le volant. Avait-il roulé dans les massifs d'aloès qui dressaient leurs troncs épineux en fourrés épais; s'était-il accroché dans un des eucalyptus gigantesques dont les troncs élancés opposaient leur écorce sombre aux tiges grisâtres des palmiers?

Rosette tenait beaucoup à retrouver son volant. Elle ne pensait pas pouvoir se procurer un jouet semblable au Caire et il lui aurait coûté de se priver d'un jeu qu'elle affectionnait particulièrement.

Elle fit donc quelques pas en avant. Toujours bien informée, elle savait qu'elle se trouvait chez un pacha puissamment riche, dont elle apercevait dans le fond le palais somptueux.

En marchant toujours, la fillette se rapprochait de l'habitation qu'elle regardait maintenant avec curiosité, ayant un peu oublié son volant.

Tout à coup, au détour d'une allée, elle aperçut un kiosque que la masse des arbres lui avait dissimulé jusque là.

Rosette s'avança jusqu'au seuil avec une certaine hésitation. Peut-être derrière les moucharabis (1) découpés à jour avec beaucoup de finesse, des yeux la guettaient-ils?

Mais la pupille de M. Pausanias n'était pas timide et elle ne détestait pas les aventures. Elle jeta un coup d'œil par une porte vitrée dans l'intérieur du kiosque.

Un grand vestibule dallé était complètement désert. La jeune fille s'y hasarda, puis dans une grande salle déserte également où coulait, au milieu d'un bassin, un jet d'eau murmurant destiné à donner de la fraîcheur.

Rosette s'enhardissant avait ouvert une autre porte et cette fois avait eu un léger mouvement de recul.

Au centre d'une pièce encombrée de coussins et de sophas, se tenait sur une sorte de divan, une fillette de son âge environ, vêtue de soyeuses étoffes multicolores et le visage éclairé de deux grands yeux noirs et langoureux. Auprès d'elle se tenaient accroupies deux négresses qui somnolaient.

Rosette voulait fuir. Mais la petite Arabe l'avait aperçue et l'indiscrète pensa que ce ne serait ni brave, ni digne de battre ainsi précipitamment en retraite comme une voleuse. Elle avait été surprise en flagrant délit de curiosité : elle allait s'expliquer.

Délibérément, elle était arrivée tout près de la jeune Egyptienne et avait commencé une phrase d'excuses.

Mais la fillette lui fit signe qu'elle ne comprenait pas.

(1) Fenêtres.

— C'est vrai, pensa Rosette, suis-je bête! elle ne sait pas le français.

Depuis son arrivée au Caire, il y avait environ deux mois, Rose avait appris un peu d'arabe et même la facilité avec laquelle elle retenait les mots, avait frappé le savant Venture qui l'avait entendue un jour parler avec un des fellahs qui les servaient.

— Cette enfant a le don des langues à un point extraordinaire, avait-il dit à M. Porlier.

Et celui-ci avait été aussi content de cet éloge donné à sa nièce que de la découverte qu'il pouvait faire de scarabées royaux ou de pierres hiératiques.

Donc, Rose, en présence de la jeune Arabe, faisait maintenant appel à toute sa mémoire.

En phrases incomplètes, avec des gestes qui aidaient à sa pensée, elle expliqua à la fillette dont elle avait envahi si intempestivement la demeure qu'elle cherchait après son volant et que, par un sentiment de curiosité dont elle s'excusait, elle avait pénétré dans le kiosque.

La petite Egyptienne ne paraissait pas contrariée; elle souriait au contraire et répondit à Rosette par une longue phrase dont celle-ci ne comprit guère qu'un ou deux mots.

Mais la glace était rompue entre les deux enfants et la conversation si pénible qu'elle fut se continua.

Rosette avait dit qu'elle était Française; la jeune Arabe lui avait appris son nom : Fatima.

Puis elle avait mis une esclave à la disposition de Rose pour chercher le volant qu'on avait enfin découvert sous un des nombreux cactus.

Fatima avait demandé à Rosette de revenir la voir et notre héroïne avait accepté avec grand plaisir. Depuis le temps qu'elle ne vivait qu'avec les officiers et les collègues de son oncle, elle n'était pas fâchée de se retrouver avec une fillette de son âge, fût-elle de race et de langue différente. Elle s'était d'ailleurs, tout de suite, sentie prise d'une grande sympathie pour la jeune Egyptienne.

Toutefois, ne sachant pas si son oncle aurait approuvé cette

ET LE VISAGE ÉCLAIRÉ DE DEUX GRANDS YEUX NOIRS (PAGE 83).

façon d'enjamber ainsi les haies pour pénétrer chez les voisins, elle jugea plus à propos de lui taire son aventure et ce fut avec quelque mystère qu'elle revint à plusieurs reprises voir Fatima. Cette manière de procéder plaisait d'ailleurs à son imagination romanesque.

Les deux fillettes étaient maintenant dans les meilleurs termes du monde.

Tant bien que mal avec le peu de mots dont elles disposaient pour s'entendre, elles s'étaient fait des confidences.

Rosette avait raconté comment elle avait accompagné son oncle en Egypte, après la mort de la vieille bonne qui lui avait servi de mère.

Fatima de son côté avait appris à son amie qu'elle était malade depuis de longues années. Une faiblesse des jambes la retenait étendue sur ce divan où Rosette l'avait trouvée. Sa mère qui avait été l'épouse favorite du bey son père, était morte depuis deux ans. La fillette se tenait presque toujours dans ce pavillon écarté où elle était moins fatiguée que dans le harem de son père où circulaient pour le service des femmes, de nombreuses esclaves.

Rosette, avec sa turbulence et son activité, s'était sentie pleine de pitié pour la petite malade qu'elle plaignait de tout son cœur et qu'elle était heureuse de distraire par ses visites. Elle s'échappait chaque fois qu'elle le pouvait pour venir voir sa petite amie et l'intimité des deux fillettes allait chaque jour en croissant.

Rosette parlait de mieux en mieux arabe et Fatima commençait à dire quelques mots de français : elles s'initiaient mutuellement aux mœurs et aux coutumes de leurs pays.

Un après-midi, les deux amies goûtaient ensemble. La pupille de Pausanias appréciait fort les confitures et la pâte de *loukoum* que lui servait Fatima.

Un bruit de pas se fit entendre dans le vestibule. L'eunuque de service s'était précipité. La porte s'ouvrit devant un homme d'une cinquantaine d'années qui s'était vivement avancé vers Fatima.

Il portait le costume des grands chefs mamelucks avec le

turban enrichi d'une aigrette précieuse, la ceinture de soie aux brillantes couleurs et le manteau aux plis majestueux.

Il s'était arrêté et regardait d'un air interrogateur la jeune Européenne qui se tenait près de Fatima. Celle-ci avait un peu rougi en tendant les bras vers le nouvel arrivant.

— C'est mon père Farid bey, avait-elle glissé à Rosette.

Cette dernière n'était pas sans avoir quelques renseignements sur Farid bey. Elle savait qu'il comptait parmi les plus grands chefs arabes et malgré son aplomb habituel, se sentait assez mal à l'aise de se trouver ainsi devant lui. Jusque-là, Farid bey était absent; Fatima ne paraissait pas s'attendre à ce retour inopiné.

Cependant la petit Arabe parlait à son père avec vivacité en lui désignant la jeune Française.

Fatima parlait très vite et le bey lui répondait d'une voie gutturale à l'accent étrange. Rose ne put que saisir quelques mots de leur conversation. Il était question d'elle à coup sûr et il lui sembla que Farid bey était mécontent de sa présence auprès de Fatima. Il la regardait avec un sourcil terriblement froncé ! Enfin ses yeux parurent s'adoucir. Sa fille lui tendait les mains dans une sorte de prière, il eut un geste et une exclamation. Un sourire s'épanouit alors sur les lèvres de la petite Orientale qui, se retournant vers Rosette, lui dit :

— Mon père avait été surpris de vous voir là; maintenant, je lui ai expliqué comment nous nous sommes connues, et il veut bien que vous veniez me voir.

Si Rose n'avait pas traduit tous les mots, elle avait du moins compris le sens des paroles de sa petite amie.

— Il n'a tout de même pas l'air très content que je sois là, pensa-t-elle; pourtant — se dit-elle dans un naïf et patriotique amour-propre — il devrait être flatté d'avoir des Français chez lui.

Puis sans en chercher plus long, la jeune fille se réjouit de ce que le retour du pacha, n'avait pas brisé son amitié avec Fatima et elle revint chaque jour voir la petite malade.

CHAPITRE X

Une heure tragique allait sonner pour les Français. Depuis longtemps, les indigènes étaient mécontents des travaux de toutes sortes que nos ingénieurs accomplissaient autour des fortifications. On avait dû démolir une grande quantité de kiosques, de maisons et une mosquée qui occupaient les remparts, ce qui avait exaspéré les Egyptiens. L'armement de la Citadelle aussi les avait inquiétés.

— Pourquoi braque-t-on sur nous des canons? avaient-ils dit, ne sommes-nous pas des amis?

La suppression des chaînes qui divisaient les cinquante quartiers du Caire et qui étaient dangereuses pour l'autorité française avait contribué aussi à exciter la méfiance et le mécontentement.

Enfin, un emprunt de six millions avait mis le comble à la colère populaire.

Le 22 octobre, le général Dupuis, commandant d'armes, fut averti que la foule devenait tumultueuse; le peuple commençait à s'agiter dans les rues.

Le cheval d'un dragon avait renversé un arabe sans le blesser d'ailleurs. C'était un fanatique qui revenait de la Mecque et que son pèlerinage avait encore excité contre les chrétiens. Il tira son pistolet, tua le dragon et monta sur son cheval.

Rosette était sortie avec Mme Paul, la cantinière, et les désordres qui éclataient dans les rues les avaient fait se hâter vers le logis de Pausanias. On rencontrait des soldats qui couraient au pas de charge rejoindre leur quartier.

— Faudrait pas qu'il vous arrive quelque chose, Mam'zelle Rosette, disait la cantinière. Qu'est-ce que M. Porlier me dirait?

Fort heureusement, les deux femmes avaient pu regagner sans encombre la place de l'Esbekieh.

Mais Rosette fut très inquiète quand, en arrivant à la maison, elle n'y trouva pas son oncle.

Jolicœur essaya de la rassurer.

— Il va rentrer pour sûr, dit-il, il y a un de ces messieurs de l'Institut qu'est venu le chercher, il allait voir des tombeaux, que j' crois qu'y ont dit, quelques vieux débris qu'on a trouvés j'sais pas où.

— Ah! oui, fit Rosette, je me souviens maintenant, il devait aller chez le général du Falga.

— Là, vous voyez, dit la cantinière, il va revenir c't homme. En attendant, j' vas rester avec vous jusque-là...

Cependant les troubles augmentaient dans la rue. Les cavaliers français avaient chargé et le rassemblement s'était dissipé; mais le général Dupuis avait reçu un coup de lance et tomba mort.

Aussitôt l'émeute se répandit dans toute la ville. Les marchands avaient fermé leurs boutiques, les muezzins (prêtres) du haut de leurs minarets appelaient les vrais croyants à la défense des mosquées.

Le temps passa. M. Porlier n'était pas de retour. Rosette, en larmes, se désespérait et voulait sortir. Mme Paul n'était parvenue à la retenir qu'en lui faisant observer combien son oncle serait inquiet à son tour s'il rentrait et ne la trouvait pas au logis.

Depuis longtemps, Jolicœur était parti aux informations et la fillette s'impatientait aussi de ne pas le voir rentrer.

— Pourquoi ne ramène-t-il pas mon oncle, disait-elle.

Vers cinq heures, Jolicœur rentra seul; le hussard était

fort pâle et paraissait consterné. Cependant ce fut d'un ton assez dégagé qu'il répondit à Rosette qui s'était précipitée vers lui.

— Ne vous tourmentez pas, Mam'zelle Rosette, il n'y a plus personne chez le général du Falga. Faut croire que ces messieurs sont allés chez l'un ou l'autre pour fuir ces enragés-là. M. Porlier va revenir quand ils seront un peu plus calmes dans la rue.

Il ne semblait pas que ce dût être de sitôt, car le tumulte augmentait de toutes parts. Les femmes montées sur les terrasses poussaient des hurlements sinistres qui retentissaient par toute la ville.

A un moment, Jolicœur avait pris à part, Mme Paul et lui avait apprit la triste vérité qu'il avait dissimulée à Rosette; M. Pausanias devait être mort. La maison du général du Falga qui était située près de la grande mosquée, avait été une des premières envahies par la populace. Le général était commandant du génie, et les officiers de son arme étaient particulièrement en butte à la malveillance des indigènes, car on les accusait d'avoir profané des tombeaux pour construire leurs ouvrages. En un moment, la maison avait été dévastée, les livres et les instruments pillés et tous les Français qui s'y trouvaient massacrés. Leurs têtes sanglantes avaient été promenées dans les rues et suspendues ensuite à la porte de la grande mosquée.

Mme Paul était toute tremblante en écoutant le récit du hussard.

— Pauvre petite Mam'zelle Rose! dit-elle; elle va en avoir un chagrin.

— Faut rien lui dire encore, riposta vivement Jolicœur. D'ailleurs, j'ai pas vu la figure de ce pauvre M. Porlier, dans toutes ces pauvres têtes qu'ils avaient pendues-là... Attendons peut-être.

Mme Paul avait eu un geste de découragement.

Cependant Rose s'était raccrochée à l'idée que son oncle s'était réfugié chez un ami et elle avait dormi quelques heures d'un sommeil agité.

Les troubles avaient continué pendant toute la soirée.

Du haut des quatre cents minarets du Caire, on avait entendu la voix des muezzins faire retentir l'air d'imprécations contre les ennemis de Dieu, les infidèles et les idolâtres.

Bonaparte avait fait afficher une proclamation que le savant Venture avait traduite en turc et en arabe; elle ne produisit aucun effet. Les Egyptiens se dirent que les Français avaient peur et en devinrent plus audacieux.

Il fallait en venir à la répression; d'autant plus qu'on fût averti que les arabes du désert étaient en marche pour se joindre aux insurgés.

Le lendemain, les mortiers et les obusiers de la Citadelle commencèrent à tonner.

M. Porlier n'était toujours pas rentré! Rosette était retombée dans le désespoir. Elle était seule maintenant avec Mme Paul; Jolicœur avait dû rejoindre son poste dans son régiment, car on n'avait pas trop de toutes les forces pour lutter contre l'émeute.

La pauvre fillette avait absolument voulu sortir pour chercher son oncle.

— Il faut aller là, et puis là, avait-elle dit, en désignant les demeures d'amis du savant.

Les deux femmes erraient par les rues au milieu de mille dangers.

Des incendies avaient éclaté sur plusieurs points de la ville. Les insurgés au nombre de 7 à 8.000 dont un millier à cheval avaient débouché par la porte de la Victoire. De toutes parts, des minarets, des terrasses, du haut de la coupole, de la mosquée de Hassan, des coups de fusil partaient contre les Français qui ripostaient par le canon du haut de la Citadelle et du fort Dupuis.

Indifférente au danger, Rosette marchait toujours. Une balle avait effleuré son bras; une autre était venue mourir contre le chapeau de toile cirée de Mme Paul. Chez un ami du savant où les deux pauvres femmes étaient parvenues à grand peine, elles n'avaient trouvé personne.

— Rentrons, m'amzelle Rose, disait la cantinière effrayée des risques, que courait la fillette.

La brave femme n'osait pas encore dire à sa petite compagne qu'il était sans doute inutile de chercher le pauvre Pausanias.

A la fin, pourtant, voyant que Rose persistait à ne pas rentrer, elle lui avait avoué qu'on avait massacré un grand nombre de Français chez le général du Falga, mais Rosette, tout en fondant en larmes, s'était rattachée à ce faible espoir que Jolicœur n'avait pas retrouvé son oncle parmi les cadavres. Elle se remit à parcourir les carrefours et les rues, s'égarant et ne retrouvant plus le chemin qu'elle cherchait.

Cependant les Français avaient repoussé les Arabes en chargeant à la baïonnette; ils les poursuivirent jusqu'à la mosquée d'El-Azar dont le parvis sacré fut ensanglanté.

A sept heures du soir, tout était fini; on avait eu raison de l'insurrection.

La nuit fut silencieuse et sombre; les grands, épouvantés de la responsabilité qui allait peser sur eux, s'étaient enfermés au fond de leurs harems.

Au milieu des rues que ça et là éclairait une pâle lanterne accrochée à une maison suivant une récente ordonnance des Français et où leurs pieds heurtaient parfois des cadavres, deux femmes erraient encore. Elles croisaient des patrouilles qui leur disaient :

— Qui vive?

Mme Paul s'arrêtait et expliquait aux soldats qu'elle cherchait un membre de l'Institut.

— Un savant! fit un caporal avec un juron, je ne le plains pas. C'est eux qui nous ont amenés dans ce sale patelin.

Plus loin, la cantinière trouva des hommes de son régiment.

— Bon sang! fit l'un d'eux, vous v'là, Madame Paul. Y a un hussard qui vous cherche par tout le fourbi! L'avez-vous pas encore rencontré?

— C'est Jolicœur! s'écrie Rosette, où est-il?

— Dame! Y a un peu de temps qu'on s'a croisé; y vous courait après du côté de la grande mosquée.

— Faut rentrer, déclara Mme Paul ; vous finirez par tomber, Mam'zelle! faut se faire une raison. D'ailleurs, si on a quelque chose à savoir sur votre pauvre oncle, ça sera chez vous, plutôt.

La bonne cantinière ne croyait pas si bien dire; en arrivant sur la place de l'Elbekieh, elles aperçurent Jolicœur qui se mit à courir en les voyant. Sa figure était épanouie; il devait être porteur de bonnes nouvelles.

Le cœur de Rosette sauta dans sa poitrine.

— Allons, allons, Mam'zelle Rose, crie le hussard essoufflé; séchez vos yeux; votre oncle est sain et sauf; il l'a échappé belle, par exemple, on vous contera ça... Mais heureusement que vous v'là à c't'heure et que vous rentrerez avant lui, il est chez des amis, il va revenir ce matin, qu'est-ce qu'il aurait dit en vous trouvant envolée à votre tour!

Rosette, défaillante de joie s'était hâtée vers la maison et avait éclatée en sanglots.

— Allez, allez, ça soulage, avait dit Mme Paul dont la bonne figure était toute illuminée,

Comme l'avait dit Jolicœur, M. Pausanias l'avait en effet échappé belle. Il était pourtant chez le général du Falga quand on avait massacré les Français, mais il se trouvait au fond du jardin, occupé à examiner une pierre tombale qu'on avait extraite des fouilles récentes. Ses compagnons attirés par le bruit du dehors avaient abandonné le jardin pour rentrer dans la maison. Mal leur en avait pris. Le savant, lui, absorbé dans sa contemplation n'avait rien entendu, rien ne l'avait distrait de sa méditation et les insurgés après avoir tout pillé et tout massacré dans la maison ne s'étaient pas doutés qu'ils laissaient derrière eux un de ces français détestés.

La nuit tombait quand M. Porlier songea à se retirer. Il rentra dans la maison et fut saisi d'épouvante, quand il aperçut des corps ensanglantés, des meubles brisés, il se demanda s'il n'était pas le jouet d'un horrible cauchemar. Plein de frayeur, il se précipita dans la rue où il avait à peine fait quelques pas qu'il fut pris par une bande d'émeutiers et emmené à la mosquée El-Azar où le peuple avait obligé les cheiks à se constituer en assemblée. L'un d'eux qui justement faisait partie de l'Institut du Caire avait reconnu M. Porlier. Il l'avait pris sous sa sauvegarde et l'avait emmené dans son palais.

Ce ne fut que le lendemain soir après la répression de l'insurrection qu'il avait pu faire prévenir chez le savant que celui-ci était à l'abri chez lui.

Vingt-quatre heures après l'émeute, les soixante cheiks ou imans de la mosquée d'El-Azar se rendirent chez le général en chef. Ils étaient bien inquiets du sort qui les attendait.

Mais Bonaparte se contenta de leur ordonner de faire purifier la mosquée où le sang avait coulé, et leur rendit les livres saints dont les soldats s'étaient emparés et qu'ils lui avaient apportés.

Un seul cheik manquait à la réunion, il ne parut que le surlendemain tremblant et effrayé.

Bonaparte lui pardonna également.

La joie populaire fut à son comble, mais les officiers murmuraient contre la clémence de leur général; celui-ci ne parut pas les entendre.

. . . .

M. Pausanias remis de ses émotions était fort occupé par un rapport sur les antiquités du Fayoum, partie de l'Egypte moyenne, que le général Desaix était en train de conquérir au milieu de dangers de toutes sortes et de difficultés inouies.

C'était dans cette région que les Mamelucks avaient cherché un refuge après la bataille des Pyramides.

Le pays était inondé, le terrain s'ouvrait de toutes parts sous les pas dans cette plaine mouvante entrecoupée de fossés et de canaux.

Mais les soldats ne songeaient ni à murmurer, ni à se plaindre en voyant leur général couvert de boue, ayant de l'eau jusqu'à la ceinture, s'avançant au milieu de cet océan de vase.

Ce fut après bien des journées de pénibles marches qu'on trouva enfin l'ennemi qui fuyait toujours devant nous et que la bataille fut livrée sous les murs de Sédiman.

Ce fut encore pour notre armée une éclatante victoire.

Desaix occupa alors toute la région, détruisant les germes

d'insurrection, apportant partout l'ordre et la justice; défendant le pillage et ordonnant qu'on tint compte aux indigènes des vivres qu'on leur prenait.

Surpris de la bravoure et de la discipline des Français, des cheiks disaient au général qui venait de les soumettre :

« Sultan, tu ne devrais pas donner du pain à tes soldats, ils méritent d'être nourris avec du sucre. »

Les épreuves pourtant ne manquaient pas à nos troupes.

Une épidémie d'ophtalmie s'était déclarée dans l'armée à la suite de bains froids pris après des marches pénibles sous un soleil brûlant. Desaix lui-même en fut atteint.

« Le nombre des aveugles, raconte un témoin oculaire, surpassait celui des bien portants. Chaque soldat qui voyait clair ou qui n'avait qu'un œil attaqué conduisait plusieurs camarades aveugles qui cependant portaient leurs armes et leurs bagages. Nous ressemblions plutôt à une évacuation d'hôpital qu'à une troupe guerrière. »

Un courrier qui était parvenu à descendre le Nil sur un radeau en osier avait apporté au Caire la nouvelle des victoires de Desaix.

M. Pausanias s'en était doublement réjoui comme patriote et comme savant. S'il était heureux, en effet, de la gloire de nos armes et du renom que nous acquérait dans le monde la conquête de l'Egypte, il escomptait déjà aussi les joies qu'il goûterait prochainement quand, avec ses collègues, il irait contempler les endroits fameux de la nouvelle Egypte; *Hermopolis la grande*, le *lac Mœris* dû à un des rois de Thèbes et qui avait amené la fécondité dans une partie du pays inculte et stérile jusque-là, le *Labyrinthe*, assemblage de palais qui s'enchaînaient les uns aux autres par des voies secrètes et dans lequel il était impossible de se retrouver quand on n'en connaissait pas les détours.

— Quand on pense, s'écria Pausanias, qu'il me sera donné de voir toutes ces merveilles des âges antiques.

Rosette riait de l'enthousiasme de son oncle qu'elle partageait du reste.

La fillette avait maintenant ses grandes entrées chez son amie Fatima. Elle n'aimait cependant pas à se rencontrer avec

IL ÉTAIT GRIMPÉ SUR UN DES DROMADAIRES (P. 105).

Rand. Lorsque Hellin avait [illegible] pays [illegible] 1906 [illegible] et que [illegible] la [illegible] que pour faire [illegible] et [illegible] son [illegible].

[illegible] avait [illegible] dans la [illegible] des [illegible] et des [illegible] fort [illegible].

[illegible] Rossie avait fait part de ses sentiments au [illegible] de [illegible] qui continuent à venir fréquemment chez [illegible].

— [illegible], elles ne [illegible] leur [illegible]. C'est [illegible].

— [illegible] de trouver ce qu'il [illegible].

— [illegible] Madame [illegible].

— C'est [illegible], c'est la [illegible] du pays, conclut Rossie.

C'était aussi [illegible] que les longs [illegible].

[illegible] avait [illegible] de son [illegible].

[illegible] avait [illegible] avec une [illegible] satisfait.

— Ces [illegible] pour la [illegible].

Les [illegible] étaient [illegible]

Farid bey qui l'intimidait toujours un peu. Elle sentait confusément que sa présence était plutôt désagréable au chef mameluck et que celui-ci ne la tolérait que pour faire plaisir à sa fille. Mais pour ne pas attrister son amie, Rosette ne lui avait pas parlé de ses impressions. Farid bey, d'ailleurs, ne se rencontrait guère avec notre héroïne.

Rosette maintenant suivait sa petite compagne dans le sein même du palais. Elle pénétrait dans le harem, chose permise seulement aux femmes parfaitement connues des gardiens et des eunuques et était fort aimée aussi des sœurs de Fatima.

L'aînée qui avait dix-sept ans était fiancée et allait bientôt se marier.

A ce propos, Rosette avait fait part de ses sentiments au lieutenant de Penhoël qui continuait à venir fréquemment chez Pausanias.

— Croyez-vous, s'était écriée la fillette ; elles ne voient leur mari que le jour du mariage. C'est moi qui n'aimerais pas ça.

— Vous êtes plus curieuse que ça ?

— Dame ! s'il était laid ou méchant ! Je trouve qu'il vaut mieux savoir.

— Mais il en est de même pour le mari, Mademoiselle Rose, observa Edgar en riant, il peut aussi être attrapé, puisqu'il ne voit sa femme sans voile qu'après la cérémonie.

— C'est égal, c'est un drôle de pays, conclut Rosette.

C'était là aussi l'avis de Jolicœur qui trouvait que ces longs fantômes noirs et voilés qui allaient parcourant les rues n'étaient pas si gais à voir que les jupes écarlates des Florentines et les fichus croisés blancs et coquets des Parisiennes.

Cependant Fatima avait obtenu de son père d'inviter Rosette aux cérémonies du mariage de sa sœur.

M. Porlier toujours un peu dans la lune savait pourtant maintenant que sa pupille s'était liée d'amitié avec une jeune Egyptienne, Rosette paraissait contente ; c'était tout ce qu'il fallait au savant pour être satisfait.

Ces noces musulmanes avaient été pour la jeune Européenne un spectacle amusant.

Les parents et amies de Cadidja, l'épousée, étaient venus

la prendre à la maison paternelle pour la conduire en pompe à la demeure de son futur mari.

Cadidja couverte d'or et de diamants, s'avançait à pas lents sous un magnifique dais, voilée ainsi que ses compagnes.

Les familles des mariés étant fort riches, le cortège était des plus somptueux. Des musiciens marchaient en tête suivis de prestidigitateurs, de jongleurs, de faiseurs de tours, de diseurs de vers, de montreurs de bêtes et des cavaliers.

Des chars richement ornés venaient ensuite.

Les rues où devaient passer les fiancés étaient jonchées de fleurs et ornées, de place en place, d'arcs de triomphe.

Des ballons disparates, d'énormes guirlandes formées d'œillets reliaient les fenêtres les unes aux autres ou tombaient en cascade des étages jusqu'en bas.

Rose était fort intéressée par ces coutumes nouvelles pour elle.

On était arrivé à la maison du mari. Le cadi (sorte de maire) attendait les fiancés pour les unir.

Les femmes assistaient au spectacle par-dessus la balustrade d'une tribune.

Un grand festin avait été servi et de jeunes danseuses étaient entrées au son de la musique.

On avait chanté des vers et des hymnes à la louange des deux époux.

De temps en temps les femmes faisaient entendre un cri d'allégresse.

Durant trois jours, les fêtes se prolongèrent. Après quoi, Cadidja fut laissée dans la maison de son mari.

C'était la sœur préférée de Fatima qui souffrait de la séparation.

— Heureusement que tu me restes, dit-elle à Rosette. Je suis toujours si seule à cause de mes mauvaises jambes. Avant de te connaître, j'étais toujours triste.

Dans un élan de tendresse, Rose avait embrassé Fatima.

— Et moi aussi, je suis heureuse d'être devenue ton amie.

— Il me semble que ça me portera bonheur, ajouta pensivement la petite Arabe.

CHAPITRE XI

Edgar de Penhoël calculait le temps qu'il lui faudrait à peu près pour recevoir la réponse de sa mère.

En admettant qu'il n'y eût aucun accident au courrier, que les vents fussent favorables et que les croisières anglaises ne filassent pas le navire, il fallait toutefois encore attendre de longs jours avant de savoir quelque chose au sujet de la lettre envoyée!

Le jeune homme, intrigué de voir son nom ainsi en cause, se préoccupait de la question plus que ne l'avait jamais fait M. Pausanias.

Quel était l'auteur de cette lettre? De quel chef de famille parlait-on? Et pourquoi s'attendrir ainsi sur les lilas de Penhoël.

Toutes questions auxquelles Edgar ne pouvait guère trouver de solution. Sa mère pourrait-elle le renseigner? Il en doutait souvent.

Cependant, Desaix après avoir soumis l'Egypte moyenne était venu au Caire pour conférer avec Bonaparte au sujet de la conquête de la Haute-Egypte qui s'imposait maintenant. Les deux généraux arrêtèrent leurs dispositions.

Desaix devait bientôt repartir avec 1.200 chevaux, trois cents fantassins et l'artillerie de renfort qu'il avait obtenus.

Edgar de Penhoël faisait partie des bataillons qu'emmenait le général. Le jeune lieutenant était heureux de marcher de nouveau au feu et d'aller cueillir d'autres lauriers.

Il vint un soir prendre congé de Pausanias, mais il apprit que le vieillard se préparait à partir aussi, accompagnant l'illustre savant M. Denon que Desaix emmenait dans son expédition.

Rosette n'avait pas admis un seul instant la pensée de se séparer de son oncle, encore que celui-ci craignît très fort pour elle les dangers et les fatigues de la route.

La jeune fille n'avait rien voulu entendre.

— Voyons, mon oncle, protesta-t-elle, je suis bien venue d'Alexandrie au Caire; je me suis battue — c'était évidemment une façon de parler — à Samanhout et aux Pyramides. Pourquoi ne pourrais-je plus en faire autant.

Et comme toujours l'excellent Pausanias avait dû céder à son autoritaire pupille.

Les adieux de Rosette et de Fatima avaient été très tendres. Fatima pleurait en embrassant son amie.

— Je vais être si triste sans toi, disait-elle.

— Je ne serai pas longtemps, réplique Rosette, nous serons bientôt revenus.

Mais Fatima secouait la tête.

— J'ai tant, tant de chagrin ! fit-elle, je ne voudrais pas que tu t'en ailles.

La fillette avait-elle comme un pressentiment des circonstances douloureuses où elle devait un jour revoir Rosette?... Le fait est qu'elle était inconsolable du départ de son amie.

Rosette avec sa nature gaie essaya toutefois de remonter sa petite compagne; mais elle ne put y parvenir.

En gage de tendresse, elle avait laissé Rivoli à Fatima.

Le bon caniche avait eu l'air de comprendre quand sa jeune maîtresse lui avait fait ses adieux. Il l'avait léchée tristement et était venu ensuite se coucher près de la petite Arabe.

— Tu lui parleras de moi, avait recommandé Rosette à Fatima.

. . . .

Le matin même de son départ, le lieutenant de Penhoël avait enfin reçu une lettre de sa mère :

« Mon fils, écrivait-elle, ta lettre et le document qu'elle « contenait m'ont bouleversée au plus haut point. Tu as tou- « ché sans le savoir, mon bien cher enfant, à une plaie bien « douloureuse qui m'a cruellement fait souffrir autrefois.

« Je ne puis encore te dire rien de précis. Ce serait très « long et il faudrait que je te donne des explications pour que « tu comprennes. Apprends seulement que la personne qui a « écrit ce fragment de lettre devait me toucher de très près « et m'était bien chère. Il faudrait que je sache comment ce « papier est tombé dans les mains des parents de la petite « Rose dont tu me parles. Ne pourrais-tu avoir quelques ren- « seignements complémentaires ? J'attendrai ta réponse avec « la plus grande anxiété. »

Des protestations de tendresse, des vœux pour le succès de nos armes et pour la santé de son fils terminaient la lettre de Mme de Penhoël.

Edgar après l'avoir lue restait de plus en plus intrigué.

— Qu'est-ce que tout cela signifie? se dit-il.

Il pensait, à part lui, que sa mère avait été un peu trop mystérieuse dans sa lettre.

— Elle aurait bien pu me dire de quoi il s'agissait.

Le lieutenant se proposait de communiquer la réponse de sa mère à M. Pausanias.

Il n'en eut pas le temps ; Desaix l'ayant envoyé porter un dernier message au général en chef.

— Je trouverai bien le moyen de lui en parler en route, pensa le lieutenant.

Mais à l'embarquement des troupes au pont de Boulac, Edgar ne se trouva pas sur la même chaloupe que Rosette et son oncle. Force lui fut donc d'attendre la prochaine escale pour parler à M. Porlier de la lettre qu'il avait reçue.

Cependant Desaix avait fait débarquer ses troupes près de son quartier général dans l'Egypte moyenne ; la flottille ne devait plus servir qu'au transport des vivres, des bagages et des munitions.

Les généraux et chefs de brigade Belliard, Friant, Davoust, Lasalle marchaient sous les ordres de Desaix.

Le savant Vivant Denon, Pausanias et deux ou trois autres membres de l'Institut du Caire chevauchaient à côté de l'état-major, munis de cartes, de boussoles et d'instruments d'observation et la colonne déroulait sa ligne sinueuse et étincelante le long du Nil, sous les yeux des populations surprises de ce spectacle inusité.

Rosette avait repris ses vêtements masculins plus commodes pour une expédition de ce genre. Elle montait un petit cheval arabe qui faisait sa joie. La jeune fille leste et agile était vite devenue une amazone intrépide.

Le Nil était rentré dans son lit, les canaux se desséchaient, des champs de verdure bordaient le fleuve. L'hiver ne se trahissait que par la fraîcheur des nuits, la température était d'une douceur extrême, les épis commençaient à paraître et les palmiers étendaient leurs feuilles allongées au-dessus des hameaux.

La division marchait joyeusement vers la conquête.

Les soldats égayaient leurs marches de lazzis et de chansons.

Un des chants qui revenait le plus souvent était ce bizarre dialogue entre un soldat et sa promise :

Comment veux-tu que je t'embrasse
Tout le monde me dit du mal de toi.
On dit que tu pars pour la guerre,
Pour la guerre pour servir le roi.

Quelques chanteurs altéraient le texte primitif et le rectifiaient en remplaçant le « roi » par la « loi ».

A ces paroles de reproche de sa fiancée, le jeune homme répondait :

Ceux qui t'ont dit que je m'en vais
T'ont dit très bien la vérité.
Mon cheval est à l'écurie,
Sellé, bridé, prêt à partir.

Et aussitôt la jeune personne alarmée et modeste s'écriait :

Quand tu seras en Italie
A moi, tu ne penseras plus.
Tu penseras aux Italiennes
Qu'elles sont cent fois
Plus jolies que moi.

Le guerrier incriminé rassurait son inquiète fiancée.

N'aurai-je pas ton cher portrait,
Cent fois je le regarderai..., etc.

On eut cherché en vain dans ces vers l'exactitude des rimes, mais ils ne se chantaient pas moins avec un entrain extraordinaire en allégeant la marche et en faisant oublier l'ardeur du soleil.

Des bandes de milans et de vautours accompagnaient l'armée, tournoyant au-dessus d'elle dans les moments de halte et enlevant les débris des aliments qu'ils venaient parfois arracher jusqu'aux mains des hommes.

— Non, mais en v'là des particuliers qui ne se gênent pas! criait un sapeur.

— Tu devrais emporter un de ces moineaux-là pour amuser ta famille, proposa Jolicœur.

Le brave garçon avait repris son poste de brosseur auprès des savants.

Il était grimpé sur un des dromadaires qui portaient les bagages des troupes et cette monture d'un nouveau genre n'avait d'abord pas été du goût du hussard. Les balancements imprimés à son cavalier par l'énorme animal lui donnaient le mal de mer.

— Malheur! s'écriait-il en se penchant comiquement sur la bête. Qu'est-ce qu'y diraient à Nanterre, s'y me voyaient monté là-dessus!...

Jolicœur était de Nanterre et ne le laissait pas oublier.

Nos soldats de la République n'étaient pas du reste comme les soldats suisses de l'ancien régime qui n'avaient qu'un loustic par régiment comme le prouve l'anecdote suivante :

Un jour en quittant la caserne de Courbevoie pour aller passer une revue à la plaine des Sablons, on vit rire tout le régiment, depuis la tête jusqu'à la queue. Comme on demandait à un homme du dernier rang, ce qu'il avait à rire, il répondit : « Le loustic l'être là-haut, qui l'avait dit quelque chose être drôle. » Il ne savait pas quoi, mais il riait de confiance.

L'armée d'Egypte était mieux fournie d'esprit; on comptait plus d'un gai compagnon non pas par régiment, mais par escouade.

La mélancolie causée par la monotonie du pays égyptien si morne et si plat avait maintenant tout à fait disparue. Le caractère national avait pris le dessus et la bonne humeur avait reparue partout. On plaisantait pour oublier la faim, la fatigue et la soif; on riait même dans les ambulances. Des soldats fumaient leur pipe pendant qu'on leur extrayait une balle. Un camarade de Jolicœur avait eu dans une escarmouche avec un parti de mamelucks le bras coupé d'un coup de cimeterre :

— Si c'était arrivé au général en chef, dit-il, pendant que le chirurgien étanchait le sang avec des tampons de charpie; nous n'aurions plus été embarrassés pour nous loger à l'hiver.

— Et pourquoi ça? demanda un camarade.

— Parce que ça nous aurait fait un bon appartement chaud (un Bonaparte manchot).

Et blessés et infirmiers de pouffer de rire.

Edgar de Penhoël en retrouvant M. Porlier lui avait fait part de la lettre de sa mère.

Perplexe, l'archéologue avait secoué la tête.

— Des renseignements complémentaires, mais nous n'en avons aucun... Je vous ai dit tout ce que je savais sur les parents de Rose; peu de chose en somme. Aucun voisin n'avait pu savoir d'où ils venaient; ni ce qu'ils faisaient auparavant. Ils s'étaient donné au propriétaire de la mansarde où ils ont habité et où ils sont morts, comme portant le nom de Fagon. C'est ce même nom, d'ailleurs, que j'ai retrouvé sur les actes de décès que j'ai fait consulter. C'est tout ce que nous savons d'eux. L'âge de Rose avait été dit aux voisines par sa mère sans jamais ajouter où l'enfant était née.

Le lieutenant restait silencieux et paraissait fort déçu.

— J'ai dit tout cela à ma mère, reprit-il; je ne puis donc rien lui écrire de plus...

M. Porlier eut un geste.

— Le mieux serait peut-être de ne plus s'en occuper; puisque nous n'avons que des renseignements si imprécis.

— Mais ma mère a l'air d'y attacher tant d'importance!... Comment faire?

Souvent, en reposant sous sa tente, Edgar se posait ce problème. Avec l'assentiment de Pausanias, il avait posé à Rose une ou deux questions sur sa toute petite enfance. La fillette ne sut que répondre.

L'image de ses parents s'était même à peu près effacée de sa mémoire; elle ne savait rien dire du temps qui avait précédé son arrivée chez le vieux savant. De ce côté-là, non plus, le lieutenant ne pouvait avoir quelque éclaircissement.

Cependant l'armée avançait toujours. L'ennemi fuyait devant nos troupes, mais de temps en temps venait tournoyer sur les ailes.

Chaque nuit, les habitants des villages qui se succédaient à une faible distance exerçaient, malgré la surveillance la plus active, leur penchant à la rapine au détriment de l'armée.

Un jour des soldats amenèrent devant Desaix un enfant de douze ans environ et blessé à la jambe.

— Nous en tenons un enfin! s'écrièrent-ils, nous l'avons surpris enlevant des fusils.

Le général examinait avec intérêt le visage du jeune coupable qui avait l'air grave et intelligent.

— Qui t'a porté à ce vol? demanda Desaix.

— Personne. Je ne sais. Dieu, le Fort.

— As-tu des parents?

— Une mère, seulement, pauvre et aveugle.

— Si tu me dis qui t'a envoyé, je te donnerai la liberté; si tu persistes à te taire, tu seras cruellement châtié.

— Je te l'ai dit : personne ne m'a envoyé! Dieu seul m'a inspiré. Voilà ma tête. Fais la couper, ajouta l'enfant en déposant son bonnet aux pieds du juge.

Mais Desaix, comme on le pense, avait pardonné et le gamin se retira sans manifester la moindre émotion. *(Historique.)*

Chaque étape était marquée par d'intéressantes découvertes pour les savants et les artistes.

Desaix quittait souvent la colonne avec Denon, Pausanias et d'autres, sous la protection d'une escorte de cavaliers, afin de voir de plus près les monuments disséminés sur le long de sa route.

Denon était le plus spirituel des compagnons de voyage. Gentilhomme de la Cour de Louis XV, il avait beaucoup vu et beaucoup retenu. Il s'était trouvé en rapport avec Voltaire et Buffon, avait vu Joseph II, Frédéric-le-Grand et Catherine de Russie.

Rosette s'amusait beaucoup des saillies piquantes dont le savant émaillait sa conversation.

Cependant Desaix et ses compagnons faillirent plusieurs fois périr dans leurs promenades scientifiques. Des balles partaient du sein des ruines, des groupes d'arabes armés se montraient souvent à l'improviste et se retiraient intimidés par l'attitude des Français. Quelques prisonniers pourtant étaient tombés entre les mains d'un chef Mameluck qui s'était écrié avec dépit :

— Quoi, voilà mes vainqueurs!... Ne pourrai-je donc jamais battre ces petits hommes-là!...

Mais Desaix ne parvenait cependant pas à joindre complètement l'ennemi et s'en irritait.

Enfin, une rencontre décisive eut lieu le 22 janvier 1799, près d'un village.

Les troupes de Desaix étaient rangées en carré, comme il avait déjà été fait aux Pyramides et à Sédiman.

La bataille s'engagea ; tous combattaient avec acharnement. Rapp fut blessé presqu'au début de la rencontre, mais le village était pris.

L'ennemi était accueilli sur tous les points par la mitraille et la mousqueterie.

Les hurlements des barbares déchiraient l'air ; les charges étaient sans cesse renouvelées, mais les carrés restaient immobiles.

Enfin, les mamelucks prirent la fuite. La victoire restait à Desaix.

De nombreux morts et des blessés jonchaient malheureusement le sol.

Enfreignant la défense de son oncle qui lui avait recommandé de se tenir à l'écart, Rosette avait accompagné Mme Paul, la cantinière, qui portait de l'eau-de-vie et des vivres aux soldats. Une balle perdue était venue en ricochant frapper la jeune fille au bras et lui avait cassé le poignet. On la transporta à l'ambulance. Rosette très-pâle gardait cependant toute son énergie.

— Il ne faut pas le dire à mon oncle, murmura-t-elle.

Mais Pausanias qui cherchait justement sa nièce était déjà au courant.

Bouleversé, le savant avait couru à l'ambulance.

— Malheureuse petite! s'écria-t-il... je t'avais si bien défendu.

Rosette l'interrompit :

— Bah! je n'en mourrai pas, allez mon bon oncle, ça ne sera rien.

Le chirurgien qui venait de comprimer le poignet de la fillette entre deux planchettes affirma en effet à l'archéologue que la blessure de sa pupille se guérirait bien vite.

Rosette, bien que toute pâle encore, refusait même de s'asseoir. Elle sentit toutefois ses jambes se dérober brusquement sous elle.

— Miséricorde, elle se trouve mal! s'exclama M. Pausanias en tendant les bras.

Deux fantassins venaient d'entrer portant une civière sur laquelle on apercevait la forme d'un corps recouvert d'une couverture.

— J'crois qu'il a quelque chose le lieutenant, c'est pas pour dire, fit un des porteurs en déposant le brancard.

Un infirmier s'était penché sur le blessé qui était tout couvert de sang avec sa tunique déchirée au milieu.

— Une balle en pleine poitrine, parbleu, appelle un peu le major pour voir.

Rosette dont la faiblesse n'avait pas duré s'en allait au bras de Pausanias.

En passant, elle avait jeté un coup d'œil sur le blessé. Elle poussa une exclamation.

— Oh! M. de Penhoël, mais il est mort!...

La pauvre fillette était toute tremblante. Son oncle voulait l'entraîner.

— Tu vas encore t'évanouir.

— Mais non, c'est passé!... Oh! mon oncle, M. Edgar est mort bien sûr.

Le vieux savant tout ému partageait l'avis de sa nièce.

Le major était arrivé auprès du lieutenant qu'il examina attentivement et dit quelques mots à ses aides. On allait extraire la balle et faire le pansement.

Toujours sans connaissance, le blessé perdait beaucoup de sang.

Le chirurgien s'était mis à l'œuvre. Avec un soin infini, il fouillait la plaie, cherchant dans les replis de la blessure, la balle meurtrière qui avait arrêté l'élan de cette jeune vie.

Le major enfin eut un soupir de soulagement.

— Le poumon n'a rien, dit-il, le cœur non plus.

Il pansait le malade d'une main habile et sûre et donna quelques indications aux infirmiers. Puis il passa rapidement à un autre blessé qu'on apportait.

Des gémissements s'élevaient de toutes parts dans la vaste salle convertie en hôpital et le devoir des médecins les appelait autour de tous ces lits de souffrance.

M. Porlier lui-même rassuré maintenant sur le sort de sa nièce donnait son aide aux majors qui avaient accepté ses services avec reconnaissance.

Il était venu plusieurs fois s'enquérir du lieutenant de Penhoël dont l'état demeurait très grave. On conservait pourtant un faible espoir de le sauver.

Le lendemain Rosette le bras bandé avait absolument voulu revenir à l'ambulance.

— Je peux toujours aider à faire de la charpie, avec ma bonne main, déclara-t elle.

Et comme son oncle protestait, ne voulant pas qu'elle assistât au spectacle affligeant que présentait la salle.

— Mais je dois bien faire quelque chose pour la Patrie, dit-elle; on ne veut pas que je me batte! Qu'au moins je soigne les blessés.

Edgar de Penhoël était toujours au plus mal. Sur le soir, cependant, un peu de calme s'était produit et le lieutenant s'était assoupi.

— Ça va lui faire du bien, dit un des infirmiers, il n'a pas encore fermé l'œil depuis qu'il est là.

Rosette un peu rassurée était allée faire part de cette légère amélioration à Jolicœur qui, lui, avait reçu quelques grains de plomb sans importance dans une partie du corps que la décence l'empêchait de nommer.

— J' sais pas comment ces moricauds-là ont pu m'atteindre à c't endroit-là. J' leur ai pourtant pas tourné l' dos...

Et il ajoutait comiquement.

— Quand j' vas me retrouver sur mon dromadaire, dame, j' crois que je serai un peu gêné.

Desaix ne voulait pas laisser à l'ennemi le temps de se reprendre; il se résolut à continuer sa course en avant le long de la rive gauche du Nil.

Il laissait un poste pour garder le village conquis et veiller sur les blessés qui devaient rester à l'ambulance.

Edgar de Penhoël luttait toujours contre la mort!

— Il est jeune et robuste, disait le major, ce sont deux bons atouts dans son jeu.

Quant à Rosette, elle était assez gênée par son bras cassé et ressentait quelque fatigue. On jugea plus prudent de la confier à Mme Paul.

M. Pausanias, désolé de quitter sa nièce dont il connaissait l'imprudence et la témérité, s'inquiétait un peu de la laisser en arrière. Mais séduit par la perspective des merveilles archéologiques qu'il allait voir dans les régions plus avancées de la Haute Egypte, il ne put résister à l'envie d'accompagner l'armée qui allait les conquérir et faisant mille recommandations à Rosette, il partit avec Desaix et l'état-major.

CHAPITRE XII

La division que commandait Desaix approchait de Thèbes. Déjà les troupes avaient traversé la ville de Tentyus.

Non seulement les savants et les érudits, mais l'armée entière avait battu des mains en apercevant les monuments encore debout de la cité antique.

Une porte pyramidale aux riches sculptures s'appuyait sur un mur d'enceinte et laissait découvrir la perspective d'un temple merveilleux précédé d'un gigantesque portique.

Les chapiteaux des colonnes s'épanouissaient en fleur de lotus; des figures colossales de lions sortaient de tous les côtés.

— Ah ben! fit Jolicœur, ils en avaient des patelins, ces gaillards-là!...

Mais le brave garçon, tout en plaisantant ainsi, restait comme ses camarades plongé dans l'étonnement de ce qu'ils voyaient. Leur stupéfaction s'accrut encore quand le lendemain ils entrèrent à Thèbes.

Ces enfants de la Bretagne, de l'Ile-de-France et de l'Auvergne ne pouvaient s'expliquer la puissance mystérieuse qui avait élevé les palais gigantesques de cette vallée reculée.

Thèbes chantée par Homère qui l'appelait la ville aux Cent-Portes d'où 2.000 charriots de guerre pouvaient s'élancer à la fois développait aux yeux des Français son immense enceinte sur les deux rives du Nil.

A l'ouest, on voyait partout des restes de temples et de palais, des tronçons de colonnes, des figures de géants, les uns debouts, les autres renversés.

A l'Orient, un spectacle plus impressionnant, encore, confondait les imaginations des braves troupiers.

Là, se trouvaient les célèbres palais de Louqsor et de Karnak réunis par une avenue de plus de 600 sphinx avec des têtes de femmes et des corps de lion.

D'autres avenues, non moins magnifiques, de lions encore et de béliers conduisaient à chacun des palais.

L'armée française s'était disséminée dans cette enceinte de débris et parcourait cette région extraordinaire avec un étonnement croissant.

Mais l'intérêt passionnant que présentaient ces ruines vieilles de trente siècles ne détournait pas Desaix du but principal de son expédition. Il s'était remis à poursuivre les Mamelucks stupéfaits et désespérés de l'acharnement de ces guerriers audacieux qui leur disputaient les rochers arides de leurs solitudes les plus reculées. Les indigènes s'attendaient sans cesse à voir s'arrêter le mouvement de ces conquérants infatigables.

Mais en dépit des ardeurs du soleil, les divisions marchaient avec enthousiasme à la suite de leur général, l'esprit exalté par tous les spectacles extraordinaires qu'elles avaient vus. On était arrivé à la frontière de l'Egypte à plus de deux cents lieues de la Méditerranée.

M. Pausanias en parcourant ces lieux uniques où avait fleuri la plus antique civilisation du monde avait vécu des jours exceptionnels.

Il lui fallait pourtant se détacher des merveilles dont il gardait l'image dans ses yeux ravis.

Desaix allait rester dans la Haute Egypte pour y continuer son rôle d'organisateur et de conquérant, mais une partie des savants qui l'avaient accompagné s'apprêtaient à regagner le Caire.

M. Porlier, s'il n'avait écouté que son âme d'archéologue, serait demeuré près du général dans ce pays merveilleux où chaque pierre avait une histoire; mais il était très inquiet de Rosette restée à Samhanout et il avait hâte de la rejoindre.

Son anxiété redoublait à mesure qu'on approchait du campement où il devait retrouver sa nièce. Il s'imaginait maintenant toutes sortes de dangers qu'avait pu courir Rosette et il se reprochait presque d'avoir consenti à s'en séparer.

Mais les craintes du vieux savant étaient heureusement vaines; il avait retrouvé sa pupille en bonne santé. Le bras était parfaitement remis et la jeune fille avait repris toute son agilité.

La petite colonne continua sa route vers le Caire.

Depuis assez longtemps déjà, le lieutenant de Penhoël à peu près rétabli de sa blessure y avait été transféré avec un certain nombre de ses camarades.

— Je serai bien contente de revoir le lieutenant, disait Rosette, ainsi que Fatima et mon bon Rivoli!...

La fillette, on se le rappelle, avait laissé son chien à sa petite amie. Bien des fois, pendant les marches, elle avait eu un regret pour son fidèle caniche, et Jolicœur surtout s'était désolé de l'absence du chien.

Le brave hussard se promettait de rattraper le temps perdu quand il retrouverait Rivoli et il énumérait déjà les nouveaux talents qu'il comptait inculquer au caniche de Rosette; Rivoli ne prendrait plus le pain qu'on lui offrirait que s'il lui était présenté avec la main droite, de la gauche, il refuserait tout impitoyablement; il ferait le mort jusqu'à ce qu'on eût compté dix; il saluerait le drapeau, etc., etc.

— Je pense qu'il vous reconnaîtra, disait Rosette.

Et Jolicœur s'indignait qu'on pût croire le contraire. Il citait des exemples de chiens ayant reconnu leur maître après des années d'absence.

. . . .

Tandis que ses amis s'acheminaient vers le Caire et se réjouissaient de l'y retrouver, le lieutenant de Penhoël n'était plus en Egypte. Il avait été incorporé dans un bataillon de renfort envoyé à Bonaparte, en Asie-Mineure.

Car le général en chef était passé depuis quelque temps en Syrie.

ON VOYAIT DES TRONÇONS DE COLONNE, DES FIGURES DE GÉANTS... (P. 113).

Averti que le pacha syrien Achmed — surnommé *Djedzar*, c'est-à-dire le *boucher* à cause de ses épouvantables cruautés — se proposait d'envahir l'Egypte avec une armée turque, Bonaparte avait résolu de le devancer et de porter la guerre sur la rive asiatique.

On avait d'abord pris Jaffa, mais le siège de Saint-Jean-d'Acre présentait plus de difficultés.

Edgar de Penhoël à peine remis de sa blessure se battait cependant comme un lion et s'était fait remarquer de Bonaparte qui s'intéressa bientôt particulièrement à lui.

Des assauts répétés étaient donnés à la ville assiégée par les Français, ils pénétraient jusque dans la place, mais ils ne parvenaient jamais à s'en emparer.

Ce qui rendait l'entreprise presque impossible c'était que les Anglais avaient pris la flottille française qui apportait d'Alexandrie notre artillerie de siège. Un émigré français, Phélippeaux, colonel de l'armée anglaise, avait été envoyé par le commodore anglais (amiral) Sydney Smith, au secours du sultan Achmed, et avait fait de Saint-Jean-d'Acre une place imprenable.

Bonaparte s'irritait contre ce petit homme, haut de quatre pieds six pouces, qui le tenait en échec.

Ce n'était pas la première fois que ces deux adversaires se trouvaient en présence, et le capitaine Picard de Phélippeaux n'avait pas seulement une haine d'émigré contre les armées de la République, il avait aussi une animosité personnelle contre Bonaparte, son ancien condisciple à l'Ecole militaire, dans la classe de Monge.

Leur antipathie datait de ce temps où ils étaient assis l'un près de l'autre sur les mêmes bancs. Ils se donnaient sans cesse des coups de pied sous la table pendant les heures d'études, et, quelquefois, les voisins qui cherchaient à s'interposer en recevaient leur part.

Ils luttaient dans les concours l'un contre l'autre et le plus souvent Phélippeaux avait l'avantage.

Bonaparte, en bivouaquant avec ses capitaines, évoquait ces souvenirs.

Il rappelait aussi comment Sydney Smith, enfermé au Temple s'en était évadé.

— Il aurait mieux fait d'y rester! marmotta Junot qui se dépitait de la résistance opposée à l'armée française.

— C'est votre avis, ce n'était sans doute pas le sien, fit avec un sourire un des capitaines.

— Ce n'est pas lui qui est à craindre, répliqua Bonaparte en hochant la tête, c'est une tête légère qui ne fait que des bêtises. C'est Phélippeaux qu'il aurait fallu supprimer. C'est lui du reste qui, par son audace, fit évader Sydney Smith.

Et Bonaparte racontait les détails de la fuite de l'amiral anglais.

« Sydney avait été fait prisonnier le 17 mars 1796 en « poursuivant un corsaire français à l'embouchure de la « Seine, il avait été amené à Paris et conduit d'abord à la « prison de l'Abbaye, puis transféré au Temple.

« Le gouvernement du Directoire qui le soupçonnait, non « sans raison, de comploter avec des émigrés, refusa tou- « jours pour lui toute proposition d'échange.

« Le commodore anglais était accompagné, au moment de « sa capture, de l'émigré français de Tramelin qu'on eut « infailliblement fusillé s'il eût été reconnu; mais il affecta « de baragouiner un mauvais français et il se fit prendre « pour le domestique du commodore.

« Tramelin était ami avec Phélippeaux, ancien officier de la « marine française qui avait quitté l'armée de Condé pour « venir conspirer à Paris. Tramelin connaissait la présence « dans la capitale de Phélippeaux, il parvint à entrer en « correspondance avec lui du fond de la prison et lui fit « préparer son évasion et celle de Sydney Smith.

« C'était la fille d'un des guichetiers, nommé Richard, qui, « prise de pitié pour les prisonniers, se chargeait de leurs « commissions dans Paris à l'insu de son père.

« Le geôlier ne portait qu'à la fin de chaque décade, aux « bureaux de la police générale, son rapport sur l'état de la « prison; les conjurés mirent cette circonstance à profit, et, « le premier jour de la décade, un personnage revêtu de

« l'uniforme d'officier général se présentait au greffe de la « tour du Temple. C'était Phélippeaux. Il était suivi de quatre « amis déguisés en gendarmes et avait réquisitionné, dans un « corps de garde, un piquet de soldats et un sous-officier.

« — Je suis chargé, dit-il au concierge, d'extraire de la « prison Sydney Smith et son domestique, le nommé Jones. « Et il exhiba des ordres en conséquence. On conçoit qu'il « avait fabriqué ces documents de toutes pièces.

« Le concierge demanda respectueusement si on allait les « transférer à Fontainebleau où l'on gardait alors quelques « anglais surpris et arrêtés en France.

« — Votre question est indiscrète, répondit le prétendu « officier général, mêlez-vous de ce qui vous regarde. Je n'ai « pas de compte à vous rendre.

« — Mais, fit observer Richard, il faudrait peut-être que « j'aille d'abord au ministère de la police.

« — C'est inutile... Vous avez vu ma commission. Le « temps presse.

« — Mais... essaya encore d'objecter Richard.

« — Ah ! en voilà assez, n'est-ce pas ? s'écria Phélippeaux « en accompagnant ses paroles d'un gros juron. Vous com- « mencez à m'échauffer les oreilles. Si vous différez à me « confier les prisonniers que je réclame, je vais vous faire « charger de chaînes et jeter dans un cachot.

« Le concierge, effrayé, courut avertir M. Smith Sydney et « son domestique qu'un général bien bourru les attendait au « greffe pour les transporter quelque autre part.

« Les deux prisonniers firent semblant d'être surpris et « même inquiets. Ils mirent à la hâte leurs habits en paquet « et suivirent Richard en bas où la décharge des captifs fut « dûment donnée sur le registre d'écrou.

« Ils franchirent le mur d'enceinte, le général renvoya les « soldats et les gendarmes et monta dans une voiture avec « les prisonniers.

« On les conduisit dans une maison de la rue de Petits- « Champs où ils devaient trouver un asile en attendant de « gagner l'Angleterre.

« Comme ils y arrivaient, qui aperçoivent-ils devant la « porte?

« La fille de Richard, le geôlier, qui passait par là par « hasard. C'était une fâcheuse rencontre. Elle poussa un cri « en apercevant les prisonniers.

« M. de Tramelin n'hésita pas. Il confia tout à la jeune « fille, persuadé que c'était le meilleur moyen d'éviter une « indiscrétion. Il lui dit qu'il n'était pas domestique, qu'il « était Français, émigré, et qu'il voulait gagner l'Angleterre « avec son ami. Pour acheter le silence de la jeune fille, il lui « remit une bourse pleine de louis en lui demandant de leur « garder le secret jusqu'à la fin de la décade.

« La citoyenne Richard le lui promit et, en rentrant chez « elle, trouvant sur son chemin des boutiques de modistes, « elle y acheta des bonnets, des rubans, des dentelles, avec « l'argent que venait de lui donner Tramelin. Mais quand « elle arriva au Temple, son père s'étonna de tous ces achats « et lui demanda comment elle les avait payés.

« La jeune fille refusa de répondre; son père eut beau se « fâcher, elle s'obstina dans son silence. Huit jours se pas- « sèrent et Richard, toujours sans soupçons sur la régularité « du départ de ses prisonniers, prépara avec tranquillité le « relevé de l'état de la prison qu'il devait porter aux bureaux « de la police générale, la fin de la décade étant arrivée.

« A ce moment, un avis parvint à la citoyenne Richard, « apporté par un inconnu qui lui remit en même temps une « somme d'argent. Elle était maintenant libre de révéler son « secret.

« Elle prit l'or, alla le porter à son père en lui racontant « ce qu'étaient le domestique de Sydney Smith et le général « qui était venu réclamer les deux prisonniers.

« Inutile de vous dire que le geôlier Richard fut destitué. »

L'état-major de Bonaparte avait écouté avec la plus grande attention le récit du général.

— Et quand on pense que c'est à cause de la coquetterie d'une petite fille que nous sommes retenus devant Saint-Jean-d'Acre, fit Junot. Parce que Mam'zelle Richard aimait les fanfreluches l'histoire du monde sera peut-être changée, car je ne pense pas que nous venions jamais à bout de ces satanées murailles qui renaissent de leurs cendres, ma parole !...

En effet, à chaque fortification qui tombait et après que nos soldats avaient pénétré dans la brèche, ils trouvaient devant eux d'autres murailles élevées à la hâte par Phélippeaux.

— Quel dommage que nous ayons perdu les agrès de nos ballons dans le naufrage du navire *Le Patriote*, disait Bonaparte. Si on avait pu faire une ascension au-dessus de la place, nous ne perdrions pas tant de braves gens inutilement.

Edgar de Penhoël avait retrouvé sous les murs de Saint-Jean-d'Acre un de ses cousins éloignés, le citoyen de Mareuil, breton comme lui, et comme lui, servant les armées de la République.

C'était un homme de quarante-cinq ans environ, bon vivant et courageux qui marchait gaiement à la bataille. Il était venu rejoindre l'armée avec Junot à Gaza et avait déjà fait plusieurs campagnes avec les troupes républicaines. Il s'étonna de voir son jeune cousin si loin de Penhoël. Il ne l'avait du reste reconnu qu'à son nom, n'ayant pas vu le jeune homme depuis nombre d'années, alors qu'Edgar n'était qu'un petit enfant.

— Et qu'a dit votre mère de vous voir partir ainsi ? demanda-t-il.

— Ma mère est Française et patriote, fit fièrement le jeune officier, elle a volontiers donné son fils pour son pays.

M. de Mareuil paraissait plongé dans de sombres réflexions.

— Ma foi, dit-il enfin, il y a bien vingt ans que je ne l'ai vue, cette bonne Elise... Ah ! c'était encore du temps où ce pauvre Armand était là.

— Armand ? répéta Edgar avec étonnement.

— Eh ! oui, Armand, votre oncle. Il est parti pour l'Amérique et je n'en ai plus jamais rien su.

Edgar semblait stupéfait.

Il n'avait jamais entendu parler de cet Armand, ni su qu'il eût un oncle, mais les paroles de son cousin venaient de lui ouvrir des horizons nouveaux. Il établissait un rapport entre cet Armand et l'auteur de la lettre qu'il avait transmise à sa mère.

Il allait interroger son cousin, quand les tambours se mirent à battre aux champs. On allait une fois encore donner l'assaut.

Junot commandait. La charge se fit entendre de toutes parts et les troupes entrèrent dans les boyaux avec des branchages pour combler les fossés.

Mais à peine y furent-ils descendus que les assiégés, du haut des tours firent tomber sur nos soldats une quantité de pierres et de grenades.

En même temps, les deux vaisseaux anglais, *le Thesée* et *le Tigre*, embossés sur le flanc gauche de la ville, faisaient pleuvoir la mitraille.

Il fallut encore une fois se retirer. Le général Caffarelli était blessé mortellement, ainsi que beaucoup d'officiers. Parmi ceux-ci, Penhoël retrouva son pauvre cousin, le flanc percé d'un coup de biscayen. M. de Mareuil succomba quelques instants après en serrant les mains du jeune lieutenant.

Bonaparte, après cette attaque, ne parut pas disposé à en donner une nouvelle.

La saison, du reste, devenait favorable pour un débarquement des troupes turques, sur les côtes d'Egypte. Le général en chef estima qu'il fallait courir au plus pressé. Il importait d'aller défendre l'Egypte au lieu de s'acharner plus longtemps devant Saint-Jean-d'Acre.

Bonaparte ordonna la retraite.

Phélippeaux était mort le 1er mai. Epuisé par les fatigues du siège, il prit un coup de soleil et le mal s'aggrava au point de l'emporter. Il n'était pas sans remords et dans ses derniers moments, il montra le fond de son cœur à des Français prisonniers. Il ne se pardonnait pas sa conduite envers son pays et s'indignait contre lui-même d'avoir aidé des barbares contre ses compatriotes. Mais le mal était fait et irréparable à présent.

CHAPITRE XIII

Quand le général Bonaparte, revenant de Syrie, arriva au Caire, il trouva une certaine agitation dans les esprits. Le bruit avait couru qu'il était mort et qu'il avait éprouvé de graves échecs.

Les beys, les ulémas (prêtres) et un peuple immense allèrent à la rencontre de l'armée pour juger de ce qu'il en était.

Bonaparte fit une proclamation dans laquelle il rendait compte de son expédition et l'on vit qu'il fallait encore compter avec lui. Tout rentra dans l'ordre.

Cependant Edgar de Penhoël était revenu au Caire avec une grande perplexité dans l'esprit. Sa pensée ne pouvait se distraire du souvenir de la révélation que lui avait faite son cousin de Mareuil. Il déplorait fort la fatalité qui avait fait mourir le pauvre homme avant qu'il eût pu lui demander quelques renseignements supplémentaires.

Le lieutenant avait été sur le point de récrire à sa mère pour lui parler de cet Armand, si inopinément évoqué devant lui; puis il se dit, à la réflexion, que si jamais sa mère ne lui avait parlé de cet oncle, si, jusqu'à ce jour, il en avait ignoré l'existence, c'était sans doute pour quelques graves raisons. Encore dernièrement dans sa lettre, Mme de Penhoël, en écrivant dans ces termes assez obscurs, semblait avoir voulu garder un secret qu'il n'appartenait pas à son fils de pénétrer.

Mais en y songeant davantage, le jeune homme était persuadé que la lettre trouvée chez les Fagon avait été écrite par cet oncle Armand que le hasard venait de lui faire découvrir.

Les regrets du lieutenant redoublaient.

— J'aurais mené Mareuil chez Pausanias, se disait-il, je lui aurais montré la lettre, il aurait peut-être pu m'éclairer.

Dès son arrivée au Caire, il avait revu son ami Porlier avec un vif plaisir et avait raconté à l'archéologue les paroles de son cousin.

Mais Pausanias ne prenait pas à cette aventure l'intérêt passionné du lieutenant.

— Mon pauvre ami, lui dit-il, c'est un peu la bouteille à l'encre, cette histoire-là. Mettez-vous donc l'esprit en repos. Quand vous serez rentré en France, votre mère vous expliquera sans doute tout cela.

Et le vieux savant mettait une main affectueuse sur l'épaule de son jeune ami. Celui-ci, toutefois, avait redemandé à voir le portefeuille et la lettre qu'il tournait et retournait vainement pour leur arracher leur secret.

Rosette ne se doutait toujours de rien et se serait bien étonnée de savoir à quel point le lieutenant se tourmentait au sujet du seul héritage laissé par ses parents.

Elle avait retrouvé avec une grande joie son amie Fatima et avait repris ses visites quotidiennes au palais de Farid Bey.

Mais la pauvre Fatima était bien fatiguée depuis quelque temps; sa faiblesse avait augmenté et on ne la levait guère que quelques heures par jour.

Rose, malgré son étourderie habituelle, avait été frappée de la pâleur et de l'amaigrissement de sa petite compagne.

Un jour, elle lui dit tout à coup :

— Si tu voulais, mon oncle viendrait te voir; il est médecin et il guérit très bien ; il m'a sauvé autrefois.

Et la jeune fille avait raconté à Fatima, l'histoire tant de fois répétée par la bonne vieille Nanette, de l'attaque de croup et de l'intervention de Pausanias.

Mais Fatima hochait la tête.

— On ne voudrait pas le laisser entrer, dit-elle.

— Un médecin, c'est pas comme les autres, insistait Rosette, d'ailleurs, tu garderais ton voile.

Car la fillette n'oubliait pas que la loi musulmane défend aux femmes et aux jeunes filles arabes de se montrer à visage découvert à tout autre homme qu'à leurs pères, leurs frères ou leurs maris.

Mais Fatima disait : non, de nouveau, d'un ton assez embarrassé.

Rosette se le tint pour dit.

Depuis son retour au Caire, la jeune fille avait remarqué un certain changement à son égard dans l'entourage de Fatima. Pas, certes, chez sa petite amie qui lui témoignait toujours la plus grande affection et lui demandait chaque jour de revenir la voir, mais les sœurs de la petite malade, les suivantes et les esclaves témoignaient de moins de respect à la jeune Française. C'était là une conséquence des difficultés éprouvées par Bonaparte en Asie et des bruits qui avaient couru du prochain débarquement des Turcs. Le peuple égyptien pensant que l'étoile de Bonaparte pouvait faiblir, reprenait de l'arrogance.

Mais Rose, sachant qu'elle possédait toujours l'affection de Fatima, ne s'était pas inquiétée de l'attitude des autres femmes du harem.

Elle parlait maintenant couramment l'arabe ; la jeune Orientale, elle, n'avait pu faire de progrès en français, durant l'absence de son professeur; mais il était question de recommencer les leçons.

— Plus tard, disait Rosette, quand tu seras guérie.

Rivoli avait fait le meilleur accueil à sa petite maîtresse et avait japé de joie en revoyant Jolicœur.

Mais le hussard avait été un peu froissé que le caniche retournât souvent chez Farid Bey.

— C'était bon quand nous n'étions pas là, disait-il, en carressant le chien qui l'écoutait, mais à présent, comment peux-tu supporter encore leur ratatouille ?

Jolicœur avait le plus profond mépris pour la cuisine arabe.

— Tout ça, ca sent le fromage de bique, disait-il.

Et il donnait à Rivoli une part de son rata en lui reprochant son manque de goût.

Un matin que le hussard brossait, sur la terrasse, les habits de ses maîtres, en sifflant un de ces airs en vogue qu'il avait bien des fois écouté dans les rues de Paris, il entendit des aboiements plaintifs s'élever du jardin de Farid Bey; et par-dessus les arbustes, il aperçut, dans une des contre-allées, un des serviteurs qui battait avec un fouet le pauvre Rivoli attaché à un arbre et se débattant désespérément. Cet homme était un Maltais renégat à qui on avait donné le nom arabe de Soliman; son origine expliquait sa violence envers le caniche, car un bon et véritable Musulman n'aurait point ainsi maltraité un animal.

— Ah! canaille! s'était écrié Jolicœur en envoyant promener la brosse et la redingote du bon M. Pausanias, tu vas voir...

Il avait franchi d'un bond l'escalier, ouvert la porte, traversé le jardin et enjambé la haie de clôture en moins de temps qu'il n'en faut pour le dire.

Et sans que le Maltais sut trop d'où cela lui venait, il reçut tout à coup, la plus belle volée que Jolicœur eût jamais donnée de sa vie.

Aux cris de Soliman, aux aboiements du chien, on était accouru et on sépara, non sans peine, les deux belligérants.

M. Pausanias, homme calme et ennemi des violences, avait regretté l'incident et blâmé Jolicœur.

Rosette n'avait pas parlé à Fatima de ce qui s'était passé; elle ne voulait pas inquiéter sa petite amie dont la santé demeurait chancelante. Chaque jour, elle venait quelques heures auprès d'elle et s'efforçait de la distraire.

Un matin, en arrivant chez Farid Bey, Rose trouva le harem très agité. Les sœurs de Fatima, sauf Cadidja, la dernière mariée, parlaient avec volubilité et gesticulaient beaucoup.

Rosette les regarda d'un air étonné.

— Elles sont en train de se révolter, dit en riant Fatima, à cause d'un de tes compatriotes.

La petite Française ne comprenait pas.

— Oui reprit Cadidja qui ne semblait pas partager l'animation de ses sœurs, vous savez qu'un des vôtres, le général Menou a épousé une femme musulmane. Elle est très heureuse, paraît-il. On la sert la première à table, elle sort avec lui, il lui achète des belles toilettes et des bijoux. Nous voudrions toutes être à sa place et les femmes sont en train de faire au sultan Kébir une supplique pour qu'il ordonne aux Egyptiens de traiter toutes leurs femmes à la française.

Rosette, flattée dans son amour-propre national, s'était mise à rire.

. . . .

Cependant de nouveaux événements se préparaient.

Pendant l'expédition de Syrie, les troupes françaises restées au Caire avaient eu à combattre des incursions des Mamelucks qui s'étaient reconstitués sous la conduite de Mourad Bey et de différents autres cheiks.

On en vint facilement à bout et on les rejeta dans le désert.

Toutefois, Mourad bey, accompagné de quelques cavaliers, eut l'audace peu de jours après le retour du général en chef, de s'avancer jusqu'à la grande Pyramide au sommet de laquelle il monta et d'où il adressa des signaux à sa femme Sitti-Nefisée qui, de la terrasse de sa maison, lui répondit à son tour.

Que se dirent-ils dans ce mystérieux colloque à travers les airs?... C'est ce qu'on ne put savoir.

Mourad bey s'enfuit; et sa femme avertie par la rumeur publique que l'État-major français était informé de ce qui s'était passé, craignit d'être accusée d'avoir entretenu des intelligences avec l'ennemi. Elle se rendit au palais qu'habitait Bonaparte sur la place de l'Esbekieh, pour implorer sa clémence.

Le général la rassura et lui dit qu'elle ne serait pas inquiétée.

— Si votre mari voulait vous voir, ajouta-t-il, je lui aurais donné vingt-quatre heures de suspension d'armes pour qu'il puisse avoir et vous aussi, cette satisfaction.

L'incident, toutefois, ne laissait pas que de paraître suspect à Bonaparte.

Il partit du Caire avec son État-major et la commission des sciences et des arts, pour aller s'établir au pied des Pyramides où il installa son camp, le 14 juillet 1799.

Les mathématiciens et les ingénieurs s'occupèrent de nouveau à relever des plans, à prendre des mesures, à se livrer à des calculs.

Rosette, il faut le dire, était un peu blasée maintenant sur le charme et l'agrément des Pyramides. Elle avait accompagné son oncle pour ne pas le quitter, mais ces colossales masses de pierres entassées ne l'intéressaient plus guère.

Le lendemain de l'arrivée des troupes à Gizeh, elle s'éloigna un peu du groupe de savants qui dissertaient toujours sans se lasser sur les monuments égyptiens et marcha dans la direction du désert, en s'engageant derrière la pyramide de Chéops.

Elle ramassait des petits cailloux aux couleurs variées et brillantes qui se trouvaient parmi les sables.

— Ça ferait un joli collier, pensait la petite coquette, si on pouvait les percer.

En marchant toujours, elle s'était éloignée du camp; de temps à autre, elle s'était retournée pour apercevoir de loin les tentes blanches, mais les monticules de sable lui en dérobaient souvent la vue, et elle ne se rendait plus un compte exact de la distance.

Il est utile de dire ici, que le désert situé entre les pyramides et les montagnes lybiennes, n'est pas comme on le croit généralement, une étendue de sable plate et uniforme. La vue y est au contraire bornée, à chaque instant, par des monticules formant d'énormes renflements au milieu du sol et s'élevant parfois à la hauteur de petites collines.

Son estomac lui fit sentir quelques tiraillements. La fillette comprit alors qu'elle avait dû marcher assez longtemps. Elle se retourna cherchant à s'orienter,

Un bruit de voix frappa tout à coup ses oreilles. Elle écouta! N'était-elle donc pas aussi loin du camp français qu'elle le supposait?

Mais elle s'aperçut bientôt que ce n'étaient pas ses compa-

ROSETTE ÉTAIT DEVENUE L'AMIE D'HORTENSE (PAGE 153).

[illegible]

[illegible] de la ligne [illegible] [illegible] [illegible] [illegible]

[illegible] rapide du fleuve.

[illegible]

[illegible] Elle [illegible]

[illegible]

— Mais [illegible] [illegible] Elle [illegible]

[illegible]

Les Peuhls, surpris [illegible] par le chant de [illegible]

[illegible]

[illegible] histoire de son [illegible]

[illegible]

[illegible] à son [illegible]

[illegible]

triotes qui parlaient, elle avait reconnu les accents gutturaux de la langue arabe. C'était, sans doute, un parti de Mamelucks qui avait fui devant Bonaparte et se dissimulait dans un repli du désert.

Rose jugea prudent de ne pas se montrer. Elle entendait maintenant plus distinctement les paroles, des causeurs invisibles pour elle. Le nom de *sultan Kébir*, c'est-à-dire Bonaparte, revenait souvent, et la fillette finit par comprendre qu'ils avaient des intentions hostiles contre le général en chef.

Elle restait consternée, n'osant fuir de peur d'être aperçue par les Arabes et poursuivie.

Tout à coup, elle entendit une voix bien connue qui chantait à tue-tête.

Quand tu seras en Italie
A moi tu ne penseras plus...

— Mais, c'est Jolicœur, se dit la jeune fille avec joie.

L'arrivée si inattendue du hussard lui paraissait providentielle. Elle avait tourné le monticule derrière lequel elle se tenait, espérant apercevoir le brave soldat dont le chant se faisait entendre du côté opposé à celui d'où partaient les voix des Arabes, mais elle ne vit rien tout d'abord.

Les Egyptiens surpris aussi par la chanson de Jolicœur, s'étaient arrêtés de causer. L'un d'eux reprit :

— Qu'est-ce que cet intrus? Faut-il s'en débarrasser?

— Je m'en charge, avait répondu un autre d'une voix sinistre. Je reconnais son air préféré, c'est le hussard du vieux Porlier; je lui redois quelque chose et il me paiera l'histoire de son chien.

Rosette, de plus en plus effrayée, avait à ces propos, reconnu dans un des conspirateurs, Soliman, le Maltais renégat qui n'avait pas pardonné à Jolicœur la correction qu'il en avait reçue.

Mais un autre Arabe, et qui paraissait plus autorisé, parlait à son tour.

— Non, non, laissez-le; inutile de leur faire savoir que nous sommes-là. Gardons nos poignards pour le sultan Kébir; c'est celui-là qu'il faut frapper.

La voix de Jolicœur semblait s'éloigner. Rosette se sentait épouvantée à l'idée de se retrouver seule dans le désert avec un tel voisinage. Elle fit un pas en avant, prête à tout affronter pour rejoindre Jolicœur; mais de nouveau, le chant de celui-ci se rapprochait, et suivi de Rivoli, le hussard se montra aux yeux de la fillette, débouchant d'une sorte de défilé entre deux monticules allongés.

Lui aussi avait aperçu la nièce de Pausanias.

Avec une présence d'esprit et un courage qu'on n'aurait pu attendre d'une enfant de cet âge, Rosette avait fait signe au hussard de se taire. Avec sa subtilité ordinaire, le brave garçon comprit qu'il se passait quelque chose d'extraordinaire, il avait rejoint Rosette, en calmant les aboiements de Rivoli.

En quelques mots, la jeune fille avait mis Jolicœur au courant!

— Il y a là des hommes qui veulent tuer le général, dit-elle.

Jolicœur avait eu une exclamation et n'en avait pas entendu davantage. Sans se préoccuper du nombre des conspirateurs, il avait d'un bond grimpé sur le monticule et déchargé son pistolet. Rivoli avait sauté près du hussard.

Rosette n'entendit que le bruit de cette courte lutte. Le caniche aboyait de toutes ses forces et poussait des grognements prolongés. Un instant après, Jolicœur revenait, ramenant un homme dont il avait lié les mains avec son mouchoir à carreaux.

— En voilà un, dit-il, l'autre est par terre, et il y en a un qui a fichu le camp, malheureusement.

— Ah! nous nous retrouvons, ajouta-t-il en se retournant vers son prisonnier en qui il avait eu le temps de reconnaître Soliman et que Rivoli mordait aux jarrets, tu t'es encore frotté à Jolicœur et à son chien, je t'avais bien dit que ça te porterait malheur!...

Des guides de Bonaparte accouraient, attirés par le bruit de la détonation qu'on avait entendue, au grand galop de leurs montures.

En peu de mots, Jolicœur et Rosette les mirent au courant

Soliman fut garrotté et on chargea sur un cheval le cadavre de l'Arabe.

En arrivant au camp, le Maltais fut conduit au général en chef.

Interrogé, il avoua qu'une conspiration, ourdie par Mourad, avait pour but d'assassiner le sultan Kébir; de telle sorte qu'une armée turque qui allait bientôt débarquer, trouvât les Français en désarroi par la mort de leur chef.

Bonaparte voulut voir Jolicœur et la jeune fille qui venaient de le sauver; mais Rosette maintenant que le danger était passé, avait été prise de fièvre et on avait dû la mettre au lit sous sa tente.

Le général dut se contenter ce jour-là de complimenter M. Pausanias qui, occupé à examiner ce qui reste du revêtement de la seconde pyramide, ne savait rien de ce qui venait de se passer.

Quant à Jolicœur, il reçut de la propre main du général un sabre d'honneur et fut nommé brigadier.

Le brave garçon fondit en larmes.

— V'là que je brais comme une femme! balbutiait-il au milieu de ses sanglots.

— Allons, lui dit Bonaparte, on peut pleurer et être un brave quand même.

Quelques moments après cet incident, on put vérifier l'exactitude de ce qu'avait dit le renégat maltais.

Un messager arriva à toute bride et apprit à Bonaparte que quinze vaisseaux, trente chaloupes canonnières et cinquante bateaux de transport chargés de troupes turques avaient mouillé le 12 au soir, dans la rade d'Aboukir.

On comprit alors que les mouvements de Mourad bey et de ses compagnons avaient eu pour but de se joindre à cette armée qui, venant par mer était dénuée de cavalerie et à laquelle les Mamelucks en auraient tenu lieu.

Le quartier général se rendit à Gizeh, village très proche des Pyramides qui lui empruntent d'ailleurs leur nom; à dix heures du soir, le général Berthier avait expédié tous les ordres pour mettre les Français en marche, du sud au nord et de l'est à l'ouest de l'Egypte, de Syène à Damiette et d'El-Arisch à Alexandrie.

En marchant sur Aboukir, Bonaparte avait écrit aux cheiks du Caire qu'il allait attaquer l'armée turque, l'envelopper « la faire entièrement prisonnière et que sous peu de jours, ils verraient au Caire les drapeaux, les canons et les captifs entrer par la porte des victoires. »

Bonaparte tint parole et peu de jours après, les Turcs étaient culbutés et noyés dans la mer.

CHAPITRE XIV

Une semaine après cette bataille, le secrétaire du commodore anglais, Sydney Smith qui croisait devant les côtes d'Egypte, descendit à terre sous prétexte d'un échange de prisonniers avec le général Menou resté à Aboukir.

Comme il allait terminer l'entretien, le secrétaire ajouta :

— M. le commandant a reçu hier un aviso qui lui a apporté des gazettes d'Europe. Comme vous en êtes privé depuis longtemps, il a pensé que vous les liriez avec plaisir et voici un paquet qu'il m'a chargé de vous remettre.

En écoutant son interlocuteur, le général Menou avait eu de la méfiance. Cette aimable attention de Sydney Smith l'étonnait : on était pas habitué aux politesses du commodore.

— Ça ne doit pas être fameux pour nous les nouvelles qu'il m'apporte, se dit Menou ; autrement il ne se serait pas tant pressé pour nous faire plaisir !

Les prévisions du général Menou étaient exactes. On ouvrit les feuilles et on apprit toutes les défaites éprouvées par nos troupes en Italie et en Souabe.

Le général Merlin, à qui Menou remit les journaux, partit aussitôt à franc étrier pour Alexandrie où était Bonaparte. Il y arriva à minuit.

Le général en chef était couché et dormait profondément. Merlin entra dans sa chambre et l'éveilla.

— Général, lui dit-il, je vous apporte une collection de gazettes de l'Europe; vous y lirez beaucoup de nouvelles désastreuses.

Le brave Merlin n'avait pas cherché de détours.

— Que se passe-t-il donc? demanda Bonaparte en se dressant sur son séant.

— Scherrer a été battu sur l'Adige, nous avons perdu presque toute l'Italie, Jourdan a été battu dans la Forêt-Noire et a repassé le Rhin.

A ces mots, Bonaparte s'était jeté à bas de son lit et avait saisi les journaux qu'il lut sans interruption pendant le reste de la nuit.

Des exclamations de colère et d'indignation lui échappaient.

Au lever du jour, il envoya Penhoël, qui était de service, chercher l'amiral Ganteaume avec lequel il s'enferma pendant deux heures dans son cabinet.

Puis il appela les officiers d'ordonnance.

— Nous partons pour la Canée, déclara-t-il.

On avait, pendant l'absence du général en chef, instruit l'affaire du renégat maltais. Soliman, livré à la justice égyptienne fut mis à la torture et avait donné les noms de tous ses complices.

A maintes reprises déjà, le général en chef avait fait preuve, à l'égard des grands seigneurs égyptiens, d'une clémence excessive et contre laquelle l'armée avait hautement murmurée. Cette fois, il était résolu à faire justice des coupables et à se montrer impitoyable.

Les conspirateurs étaient en petit nombre; les beys auxquels Bonaparte avait fait grâce, lors de l'insurrection du Caire, n'avaient pas trempé dans cette nouvelle conspiration.

Depuis tous ces événements, Rosette était en proie à une grande inquiétude qu'elle n'osait révéler à personne, mais qui la torturait.

Elle avait questionné son oncle et M. de Penhoël, sur le nom des cheiks compromis dans le complot, mais le savant était toujours distrait et le lieutenant très occupé par son service; ils ne l'avaient pas renseignée.

— Il faut que justice se fasse, avait seulement déclaré le pacifique Pausanias sortant pour une fois de son caractère, et que ces insolents soient châtiés.

Il y avait trois jours que Rosette n'avait pu voir Fatima.

La petite Arabe avait été plus souffrante et Rose qui, on l'a déjà dit, n'était plus traitée dans le harem sur le même pied qu'autrefois, s'en était vu refuser l'entrée.

— Et pourtant, il faut que je la voie, il faut que je sache, se disait Rosette.

Enfin, un après-midi qu'elle revenait encore à la charge sans se laisser décourager par le mauvais accueil qu'on lui faisait, elle tomba sur un gardien qui lui était resté attaché. Il l'accueillit avec un sourire sur sa large face bronzée et lui ouvrit la porte du sérail.

La consternation semblait y régner ; des femmes pleuraient et des esclaves accroupies poussaient des gémissements; d'autres, au contraire, gesticulaient avec colère.

Un silence avait accueilli la jeune Française. Celle-ci courut cependant jusqu'à la chambre de Fatima où la petite malade étendue sur sa couche semblait avoir déjà la pâleur de la mort.

Rosette avait étouffé une exclamation.

Elle s'avança les bras tendus vers son amie. Fatima s'était soulevée sur sa couche, un air de désolation était peint sur sa figure.

En voyant Rose, elle avait eu un geste et joignant les mains avait éclaté en sanglots.

La nièce de Pausanias avait compris. Ce qu'elle redoutait depuis trois jours était vrai : Farid bey, le père de Fatima, était parmi les conjurés.

La pauvre fillette était bouleversée. Le chagrin de son amie la désespérait; elle ne savait trop que lui dire, l'esprit troublé et les idées embrouillées.

Fondant en larmes aussi, elle avait mêlé ses pleurs à ceux de Fatima en balbutiant des paroles indistinctes.

Puis subitement, une idée lui traversa la tête. Elle essuya ses yeux, embrassa son amie en lui disant quelques mots et regagna son logis en courant.

M. Pausanias était là justement. Rosette pénétra comme une bombe dans le cabinet de travail où sans se lasser le vieux savant annotait des documents.

— Mon oncle, cria-t-elle d'une voix vibrante, savez-vous si le général est chez lui?

M. Porlier qui examinait un papyrus datant de la quinzième dynastie, releva la tête à cette brusque interpellation.

— Ma foi, non, je ne sais pas... Pourquoi?

— Pour rien, fit Rosette qui avait réfléchi, c'était pour savoir.

— Comme tu es rouge! dit Pausanias qui était toujours moins distrait que d'ordinaire, quand il s'agissait de sa pupille, d'où viens-tu?...

— De chez Fatima, reprit Rosette d'une voix qui tremblait un peu.

M. Porlier ôta ses lunettes.

— Eh bien! comment va-t-elle, cette petite?

— Mal! fit Rosette brièvement.

Et embrassant son oncle par un de ces mouvements spontanés et si charmants qui lui étaient familiers, elle sortit précipitamment de la pièce.

Un instant après, elle était sur la place de l'Esbekieh devant le palais où logeait Bonaparte.

Une sentinelle montait la garde et avait jeté un coup d'œil sur la fillette qu'il jugea inoffensive et qu'il laissa passer,

Dans un vaste vestibule, somptueusement orné de dalles aux artistiques mosaïques et de boiseries aux couleurs éclatantes, des plantons étaient debout.

Rosette se sentit un peu troublée.

— Le lieutenant de Penhoël? demanda-t-elle, tout à coup; elle savait qu'Edgar, devenu inséparable d'Eugène de Beauharnais, était souvent maintenant dans l'intimité de Bonaparte.

Mais l'officier n'était pas là.

La petite fille paya d'audace.

— Je voudrais parler au général en chef, déclara-t-elle carrément.

Le planton avait fait un geste négatif.

— Le général est occupé, dit-il.

— Ça ne fait rien.

— Le général a donné la consigne la plus sévère; personne ne doit entrer sans être appelé.

— Vous allez lui dire mon nom! répliqua Rosette, vous verrez qu'il me recevra bien, moi.

En effet, elle avait su par son oncle que Bonaparte après l'incident du désert dont elle avait été l'héroïne, avait demandé à la voir. Depuis, absorbé par ses préoccupations et les décisions qu'il avait à prendre, il n'en avait plus reparlé; mais Rosette se sentait enhardie par ce souvenir.

Le planton ne paraissait pas convaincu, il ne se dérangea pas.

— Alors, vous ne voulez pas prévenir le général? demanda Rose.

Le soldat ne répondait pas.

Dans le fond du vestibule, des allées et venues s'opéraient. Un officier d'ordonnance sortit une liasse de papiers sous le bras; il dit quelques mots à un des plantons; puis se tournant vers un lieutenant qui arrivait:

— Le général ne sortira pas avant cinq heures, dit-il, qu'on lui monte les rapports à signer dans son cabinet.

Rosette n'avait pas perdu un mot de ce colloque, elle s'approcha du lieutenant et lui dit:

— Je voudrais voir le général en chef; j'ai à lui parler.

L'officier stupéfait regarda cette fillette qui s'exprimait aussi délibérement.

Il répéta:

— Voir le général? mais, Mademoiselle...

— Si, si reprit Rose, qu'on lui dise mon nom, il me recevra.

Le lieutenant était perplexe; mais la jeune fille faisait déjà un pas dans la direction de l'escalier qui montait à l'appartement de Bonaparte.

— Qu'est-ce que cette petite peut bien vouloir dire au général? se demandait-il.

Il hésitait cependant à la laisser passer; mais à ce moment, entrait dans le vestibule le capitaine Beauharnais.

Il connaissait Rosette qu'il avait vue quelquefois avec M. Pausanias. La jeune fille s'était précipitée au-devant de lui.

— Capitaine! que je suis contente de vous voir, il faut que je parle à votre père, vous allez me faire entrer.

Beauharnais écoutait Rose, étonné lui aussi. Mais la fillette avait l'air si déterminée que l'officier eut un sourire.

— Et que lui voulez-vous, Mademoiselle Rose?...

Le front de la jeune fille s'était rembruni.

— C'est un secret, dit-elle; mais c'est très pressé.

Le capitaine savait l'intérêt que la nièce de Pausanias avait éveillé chez Bonaparte, il pensa que malgré ses occupations, le général consentirait peut-être à recevoir la fillette qui paraissait si désireuse de le voir. Il se décida à avertir son beau-père.

— Attendez-moi un moment, dit-il à Rose, je vais le prévenir.

Quelques instants plus tard, un planton venait chercher la pupille du savant et, la guidant à travers un dédale de salles, de galeries et de vestibules, l'introduisit dans le cabinet de travail de Bonaparte.

Rose n'avait jamais reparlé au général en chef, depuis le soir d'hiver de l'année précédente où il était venu trouver M. Pausanias dans le vieil appartement de la rue Mazarine, et où il lui avait si obligeamment tenu son écheveau de laine.

Sur le bateau ou dans les marches, elle n'avait jamais osé se mêler au groupe de privilégiés qui entourait le général; et aux réceptions officielles, où était allé son oncle, elle n'avait point été conviée.

Bonaparte n'avait donc pas revu de près la fillette depuis dix huit mois. Elle avait grandi et s'était transformée. C'était maintenant presque une jeune fille, au teint éclatant, à la démarche gracieuse, à la taille flexible, elle avait gardé son joli sourire enfantin et ses yeux noirs pétillants de malice et d'intelligence.

Elle était cependant restée un peu interdite devant le général. Celui-ci lui fit signe d'approcher.

— Alors, vous avez voulu me parler, Mademoiselle Rose,

lui dit-il gracieusement, après un instant de silence qui avait impressionné la fillette; il y a bien longtemps que je n'avais eu le plaisir de vous voir. Comme vous voilà grande maintenant!... Et que voulez-vous me dire?... J'ai à m'excuser envers vous de ne pas vous avoir encore remerciée; je n'ai pas oublié que j'ai contracté une dette envers vous.

— Oh! général! s'écria Rose qui retrouvait son aplomb, ce n'est pas pour cela que je viens, ou plutôt, si... c'est à cause de ça...

— Ah! ah!... mais comment m'acquitter envers vous? Je ne peux pourtant pas vous offrir un sabre d'honneur, mais vous ne perdrez pas pour attendre et je vous promets que, quand nous serons de retour en France, je prierai la citoyenne Bonaparte de vous choisir une belle parure au Palais Égalité.

Rosette avait rougi violemment.

— Je n'en veux pas, s'écria-t-elle, et pour moi, je ne ne demande rien, mais je sais que parmi les chefs compromis, il y a le père d'une de mes amies...

— Ah! vous avez des amies musulmanes, Mademoiselle Rose, interrompit le général, c'est bien, vous aidez à ma politique.

— C'est Farid bey, reprit la jeune fille.

Le front du général s'était obscurci.

— Farid bey, répéta-t-il, c'est un ingrat que j'ai comblé de bonté.

— Faites-lui grâce, s'écria Rose en se jetant aux genoux du général.

— C'est impossible! dit-il gravement en la faisant relever; j'ai été trop bon, trop indulgent, je sais que l'armée murmure; il faut des exemples.

Son œil s'était durci.

— Sa fille est malade, insista Rose, elle en mourra et ce sera de ma faute.

— Comment de votre faute? demanda Bonaparte étonné.

— Eh, oui! si je n'avais pas surpris le complot de vos assassins, Soliman n'aurait pas été arrêté et Farid bey n'aurait pas été dénoncé.

Ce raisonnement fit rire Bonaparte.

— Voyez, reprit la fillette, un peu rassurée, c'est Fatima qui m'a appris l'Arabe. C'est elle par conséquent qui m'a permis de comprendre ce qu'on tramait contre vous et c'est moi qui serai la cause de la mort de son père!...

— C'est curieux, l'enchaînement des choses, murmura Bonaparte se parlant à lui-même... Mademoiselle Rose, vous avez été l'instrument de la destinée. Comment avez-vous fait la connaissance de Fatima?

La fillette raconta toute l'histoire à commencer par le volant perdu par la maladresse de Jolicœur dans le jardin de Farid bey. Elle était étonnée de l'attention avec laquelle le général l'écoutait.

— Ce volant, conclut-il était peut-être providentiel; qui peut dire s'il ne pèsera pas dans la balance des choses humaines?

L'histoire de la fille du goëlier Richard repassa en ce moment dans l'esprit de Bonaparte. Il sourit encore et dit à Rosette.

— Vous, au moins, c'est une bonne influence que vous avez. Vous vous appelez Rose; ma femme aussi s'appelait Rose. J'ai changé son nom, non pas qu'il ne fût très joli, Mademoiselle, mais parce qu'il manquait un peu de gravité pour la citoyenne Bonaparte.

— Eh bien, général, s'écria la fillette avec beaucoup de présence d'esprit, ce que je vous demande ne peut que vous porter bonheur. Faites grâce à Farid bey, je vous en prie en mon nom et en celui de Mme Bonaparte.

— Je suis pris, fit le général, mais que va dire l'armée. Je veux bien lui faire grâce de la vie, mais il faut qu'il soit bâtonné.

— Non, non, répliqua vivement Rosette, la grâce doit être complète.

— Ils ne comprennent pas la générosité; ils la prennent pour de la faiblesse; je les ai vus à Jaffa. Je leur avais promis la vie sauve et la conservation de leurs biens; il a fallu le massacre.

Le général oubliait encore une fois son interlocutrice et se parlait à lui-même, mais Rose le rappela à la question.

— Alors, général, lui dit-elle, vous faites grâce! c'est entendu!...

— Je verrai.

— Non, non, il faut voir tout de suite. Fatima est si malade! Il faut que je lui apporte tout de suite une bonne nouvelle pour la remettre.

Des larmes étaient montées aux yeux de la jeune suppliante.

Bonaparte ne répondait pas.

— C'est bien, reprit Rose; si vous ne pardonnez pas, j'aurai tué mon amie.

Le général restait encore silencieux, puis il dit tout à coup :

— Allons, je vois bien qu'il faut céder. Je paye ma dette, Mademoiselle Rose. Allez dire à Fatima que dans une heure son père sera libre.

De nouveau Rosette s'était précipitée aux pieds du général et lui baisait les mains; tandis qu'une joie infinie brillait sur son joli visage et qu'une lueur très douce passait dans les yeux du conquérant de l'Egypte.

— Au revoir, Mademoiselle Rose, dit Bonaparte en reconduisant la fillette jusqu'au seuil de son cabinet. Dites à M. Pausanias Porlier qu'un de ces jours, je l'emmenerai à Damiette où il verra quelques ruines du temps de Saint-Louis. Vous serez aussi du voyage. Dites-lui que j'y tiens. Du reste, je le lui rappellerai.

CHAPITRE XV.

M. Pausanias, quand il avait su l'équipée de sa nièce était resté consterné de l'audace de la fillette; mais il s'était réjoui avec elle du bonheur de Fatima dont le père était sauvé.

La petite Arabe en apprenant la grâce accordée par Bonaparte s'était évanouie; mais la joie l'avait ensuite aidée à se rétablir et elle allait beaucoup mieux.

Un matin, le 5 août 1799, un messager monté sur un dromadaire s'arrêta devant le palais du général en chef; il était porteur d'une lettre de l'Amiral Ganthcaume adressée à Bonaparte et que celui-ci lut rapidement.

Il eut ensuite un long entretien avec Bourrienne et Bertrand.

Le soir même, Eugène de Beauharnais vint chez M. Portier lui demander de la part du général de les accompagner à Damiette pour quelques jours.

— Oh ! oui, il m'en avait déjà parlé, fit Rose..

— Vous aussi, vous viendrez, Mademoiselle Rose, nous partons avec quelques officiers de l'État major et seulement cinq membres de l'Institut. Le général désirerait que vous fussiez un de ceux-là.

Pausanias s'inclina.

L'attention particulière dont il était l'objet ainsi que sa nièce de la part de Bonaparte le flattait énormément.

— Nous partons demain, dit Beauharnais; aussi hâtez-vous de faire vos préparatifs.

M. Pausanias avait emmené Jolicœur qui lui était fort utile pour porter ses instruments scientifiques sans lesquels le vieux savant ne s'embarquait, et Jolicœur avait emmené Rivoli ne voulant confier à personne le chien de Rosette.

Le lieutenant de Penhoël ne devait pas d'abord être du voyage mais son ami Beauharnais qu'il ne quittait guère obtint du général que le jeune officier fit partie de l'expédition.

On quitta le quartier à minuit et l'on fut s'embarquer à Boulac sur la *Djerme* (bateau) qui servait à Bonaparte pour naviguer sur le Nil et qui était armé de six pièces de canon. Sauf Bonaparte, Bourrienne et Bertrand, les passagers ne se doutaient guère du véritable but du voyage.

Depuis un certain temps, Bonaparte avait pu, malgré les croisières anglaises qui étaient maîtresses de la Méditerranée, recevoir du Directoire quelques rares messages. Dans plusieurs de ces lettres, le gouvernement engageait le général à revenir à Paris. S'il avait été heureux de l'éloigner au temps où les affaires étaient prospères par crainte de la popularité de Bonaparte, il aurait voulu maintenant l'avoir pour l'opposer à l'ennemi qui de toutes parts pressait nos frontières.

Bonaparte hésitait à quitter ses compagnons d'armes, mais après avoir lu les journaux donnés par Sydney Smith et appris les dangers qui menaçaient la France, il n'hésita plus à quitter l'Egypte.

Avant de partir d'Alexandrie, il chargea l'amiral Gantheaume de lui équiper une flotte, mais celui-ci ne pensait pas qu'on put s'embarquer avant le mois de Novembre.

— Alors, les vents soufflent du sud et les longues nuits seront favorables pour échapper à l'escadre anglaise, disait Gantheaume.

Bonaparte était rentré au Caire, décidé à attendre cette date.

Mais alors était arrivé le message envoyé par l'Amiral qui mandait que par un bonheur inattendu, la croisière anglaise avait disparu, ne laissant qu'un petit brick en observation devant le port. Il conseillait de profiter bien vite de cette circonstance et avertissait le général que sa division serait mouillée le 24 août à midi hors des passes d'Alexandrie.

Bonaparte comprit qu'il ne fallait pas perdre de temps. Sans se confier à personne d'autres que Bourrienne et Bertrand, il avait pris les dispositions nécessaires pour le gouvernement de l'Egypte et la direction de l'armée et il avait fait préparer le départ sous le prétexte d'un voyage à Damiette.

Cependant la djerme descendant le Nil, était arrivée à la pointe du Delta que l'on nomme en arabe Bab-el-Baskara et où le Nil comme on sait se divise en deux bras.

Bonaparte au lieu de suivre à droite la branche de Damiette, fit prendre à gauche celle de Rosette, autre port situé sur la Méditerranée à une des embouchures du Nil.

On arrivait à Ramameh et là, Bonaparte fit débarquer sa petite troupe. On retrouva des chevaux laissés peu de jours avant au retour d'Alexandrie.

Rosette n'avait pas perdu de ses talents d'amazone et prenait grand plaisir à galoper sur la petite jument arabe qui lui avait été dévolue.

C'est alors que Bourrienne et Bertrand, sur les ordres de Bonaparte, firent connaître à leurs compagnons le but vrai de l'expédition et leur annoncèrent qu'on partait pour la France.

Cette nouvelle fut accueillie avec une joie générale, car tout le monde commençait à s'ennuyer prodigieusement en Egypte, même les savants malgré ce que les monuments avaient pu leur offrir d'intéressant.

M. Pausanias lui-même, tout intéressé qu'il fût par les stèles et les chapiteaux, avait souvent évoqué, en les regrettant, la douceur et la grâce des paysages de la France, la gaîté de ses villes et surtout la tranquillité de son cabinet de la rue Mazarine où il n'avait pas à craindre que ses méditations fussent troublées par des massacres.

— Eh bien ! s'écria Rosette en apprenant la nouvelle, c'est heureux que j'aie été du voyage. Je ne me vois pas restée toute seule au Caire.

— C'est pour cette raison que le général avait prié M. Pau-

M. PORLIER ÉTAIT REVENU RAVI DE SON EXCURSION A CARNAC (P. 155).

sanias de vous emmener, lui répondit Beauharnais, il savait que nous ne reviendrions pas en arrière et c'est pourquoi il a accordé aussi à mon ami Penhoël de se joindre à nous.

Rosette avait eu un moment de tristesse, en songeant à Fatima qu'elle ne reverrait plus. Elle avait dit : « au revoir » à sa petite amie, comptant la retrouver dans quelques jours. Et c'était un adieu définitif que sans s'en douter, elles avaient échangé.

— Je lui écrirai une lettre longue, longue, se dit Rosette. Et elle songea au grand bonheur qu'elle avait pu causer à son amie avant de la quitter.

Quant à Jolicœur, il avait esquissé un pas joyeux en sachant qu'on quittait l'Egypte.

— Bon sang ! s'exclama-t-il, v'là un pays que je ne regretterai pas ! Nous sommes débarrassés de ces moricauds avec leur figure de bois et leur mêche en l'air... Ça ne vaut pas les gars de chez nous, pour sûr.

Et le hussard vantait les charmes de son pays natal à Rivoli qui gambadait en aboyant autour des chevaux.

Bonaparte ne voulant pas entrer dans Alexandrie, on marcha de côté pour gagner directement le bord de la mer.

En arrivant sur le rivage, on eut une émotion. A trois lieues au large, une voile apparaissait. L'inquiétude fut grande.

N'était-ce pas Sydney Smith, l'amiral anglais, qui revenait avec son escorte pour jeter l'ancre devant le port ?... Le départ alors devenait impossible.

Il y eut un moment d'anxiété.

Mais l'amiral Gantheaume à qui Bonaparte avait donné rendez-vous sur la route, venait d'arriver. Il prit une longue vue, examina le navire en question et reconnut qu'il courait la bordée vers l'île de Chypre. C'était un vaisseau qui était venu voir ce qui se passait dans le port et ayant aperçu les quatre bâtiments qui attendaient Bonaparte et ses compagnons, retournait bien vite avertir la flotte anglaise.

Gantheaume engagea le général à ne pas perdre un instant pour s'embarquer.

On continua donc la marche vers le point de la côte où l'on devait trouver les navires.

Il faisait nuit noire quand on y arriva et les chaloupes chargées de conduire les passagers de la terre aux vaisseaux, n'étaient pas là.

— Cristi, fit Jolicœur, on aura du mal à en sortir de ce fourbi-là...

Après quelques moments d'attente, Bonaparte s'impatienta. Au risque d'attirer l'attention des habitants d'Alexandrie, il donna l'ordre de brûler des amorces pour avertir les bâtiments d'envoyer leurs chaloupes. Celles-ci arrivèrent enfin. On s'embarqua.

La joie régnait à bord à l'idée de retrouver la France.

M. Pausanias se félicitait d'avoir emporté avec lui quelques collections précieuses dont il n'avait pas voulu se séparer même pour peu de jours, craignant le vol ou l'incendie pendant son absence. Il s'occupait à les classer.

La traversée. cependant, s'annonçait comme devant être longue. Le vent contraire, du Nord Ouest, soufflait sans cesser. Au bout de vingt jours, on n'avait encore fait que bien peu de chemin, et même à un moment, on avait dû rétrograder.

Les officiers de terre embarqués à bord faisaient à ce sujet des plaisanteries sur les marins, leur demandant quand ils mouilleraient à Alexandrie.

Rosette était encore une fois bien malade et commençait à se blaser sur les plaisirs de la navigation.

Le vent de l'équinoxe de septembre qu'on attendait avec impatience souffla enfin et les commandants des navires purent rattraper le temps perdu.

Le sept octobre, on était près des côtes françaises de Saint-Raphaël après quarante-cinq jours de traversée.

Le bruit que Bonaparte était à bord s'était bientôt répandu sur la côte ; la mer se couvrit d'embarcations, chargées d'hommes et femmes qui acclamaient le général.

La nouvelle ne tarda pas à se savoir dans la France entière, causant une joie universelle, car beaucoup n'espéraient plus le revoir.

CHAPITRE XVI

Mme Nesselaire, la portière de M. Porlier à Paris, avait poussé de grands cris de joie en revoyant le savant ; elle ne tarissait pas sur la taille et la belle venue de Rose :

— On quitte une petite fille de rien du tout, et on retrouve une femme quasi bonne à marier.

— Oh ! pas encore disait Rose en riant, merci, j'aime mieux rester avec mon oncle.

Le lieutenant de Penhoël en arrivant à Paris avait obtenu quelques jours de permission afin d'aller embrasser sa mère, et avait demandé à Pausanias l'autorisation d'emporter l'original de la lettre dont il lui avait envoyé la copie...

— Je pense que le lieutenant ne tardera pas à revenir de Bretagne, mais où ira-t-il ensuite comme régiment, disait Rosette, à M. Beauharnais qui était venu un jour rendre visite à Pausanias.

— Je crois que le général va le mettre dans la garde consulaire ; de la sorte, il ne quittera pas Paris.

— Tant mieux, fit Rosette en battant des mains, j'aime bien à voir souvent mes amis.

Le lieutenant de Penhoël rentra à Paris un lundi soir et le lendemain il accourut chez M. Pausanias. Il avait l'air tout ému.

— La lettre je l'avais deviné, s'écria-t-il, avait été écrite par cet Armand dont j'avais ignoré l'existence et qui était le propre frère de ma mère. Elle a reconnu l'écriture et m'a raconté la triste histoire qui remonte à trente années en arrière. Mon oncle, chassé à 22 ans de là maison paternelle par son père pour avoir refusé d'épouser une de ses cousines : ma mère avait alors 18 ans. Ma grand'mère était morte, mon grand-père jura de ne jamais pardonner à son fils qu'il accusait d'ingratitude et de désobéissance, et ordonna qu'on ne prononçât plus jamais son nom. Ma mère avait intercédé pour le frère qu'elle chérissait, son père l'avait menacée de la renier elle aussi si elle reparlait du fils rebelle. Et de longues années avaient passées sans que Mme de Penhoël qui avait épousé un de ses cousins eût jamais rien su de son frère. Un jour vers 1782, elle apprit par hasard qu'Armand de Penhoël était parti pour l'Amérique avec La Fayette : et c'était tout... Fidèle au serment qu'elle avait fait à mon grand-père, elle ne prononça plus le nom de l'absent, mais elle y pensait continuellement.

Vous jugez de son émotion en lisant la lettre que je lui envoyais et dont les termes répondaient à la situation de son frère. Elle craignait cependant d'être abusée par une simple coïncidence, c'est pourquoi elle ne voulut rien m'écrire avant d'être mieux renseignée. L'écriture de la lettre l'a fixée ; elle a bien été écrite par Armand de Penhoël, mais le mystère n'en demeure pas moins assez impénétrable. A qui et quand mon oncle, écrivit-il cette lettre ; ma mère présume que c'est à un de vos parents, moins intransigeant que mon grand-père et qui avait trouvé des excuses à la conduite d'Armand. Ce cousin est mort et d'ailleurs, si la lettre lui était parvenue, on ne l'aurait pas retrouvée dans ce portefeuille si loin de la Bretagne que notre parent n'avait jamais quittée. On peut supposer que cette lettre avait été confiée au père de Rose pour qu'il l'a remît au destinataire. Fagon en fut-il empêché et pourquoi ? Nous ne pouvons guère répondre à ces questions. Mon oncle est-il mort maintenant ? C'est probable ! La lettre remonte à plus de treize ans et il se disait très affaibli. Quoi qu'il en soit, ma mère a beaucoup pleuré sur cette dernière émanation de son frère et elle vous aurait beaucoup de gratitude si vous vouliez lui laisser ce souvenir.

M. Porlier fit un geste d'assentiment.

— Oh ! bien volontiers, dit-il.

Edgar avait ensuite fait part à M. Pausanias d'une invitation que sa mère le chargeait d'adresser au vieux savant. Mme de Penhoël serait heureuse de le recevoir à Penhoël : elle n'admettait pas de refus.

M. Porlier avait grande envie de dire non cependant, mais Rosette s'en mêla et le voyage en Bretagne fut décidé.

. . . .

Mme de Penhoël avait fait à M. Porlier et à Rosette l'accueil le plus affecteux.

Elle avait en plus d'Edgar, deux autres enfants : un fils de dix-neuf ans, Louis et une fille de seize ans, Hortense, tous deux aimables et bons comme leur frère aîné.

Rosette était vite devenue l'amie d'Hortense, et c'était un groupe charmant que celui formé par les deux amies, l'une blonde et l'autre brune, se promenant enlacées dans le vieux parc que revêtait encore une somptueuse parure automnale.

Rose, qui on le sait n'avait jamais quitté Paris que pour le monotone paysage d'Egypte, admirait la variété des sites de la Bretagne. Les collines verdoyantes, les vallées où couraient des ruisseaux murmurants, les routes qui serpentaient à travers la lande bordée de genêts, et surtout les grands arbres, aux espèces variées, les chênes noueux, les peupliers élancés, les hêtres touffus aux feuillages de pourpre et d'or sous le soleil de Novembre encore généreux en cette belle arrière saison, avaient été pour Rosette une véritable révélation.

C'était la première fois qu'elle comprenait la beauté et la poésie de la nature.

Hortense était ravie de la joie de Rose et de l'admiration qu'elle ressentait pour la Bretagne.

M. Porlier n'était, certes pas non plus, resté insensible au charme du paysage ; mais il s'était bientôt plus spécialement renseigné sur les champs de menhirs et de dolmens de l'époque Celtique qui avoisinaient Quiberon, non loin de Lorient.

Il aurait volontiers fait un voyage de découvertes aux alignements de Carnac, comme on nommait la suite de pierres entassées, restées debout depuis les temps reculés où elles servaient aux sacrifices humains.

Mme de Penhoël s'était tout de suite prise de sympathie pour le vieux savant ; elle eut grand plaisir à contenter sa passion pour l'archéologie et lui offrit sa chaise de poste pour faire le voyage à Carnac.

Pausanias partit, ravi, accompagné du jeune Louis qui s'offrait à lui servir de guide.

Pour Rose aussi, Mme de Penhoël avait ressenti bientôt une grande affection. Elle aimait la nature enjouée et ardente de la fillette, sa gaîté, sa franchise et surtout quelque chose d'indéfinissable dans les yeux de Rose, une lueur mystérieuse et douce, une expression à la fois tendre et énergique qui excitait l'intérêt de Mme de Penhoël.

Hortense était d'une nature plutôt timide, sa mère trouva que l'exhubérance de Rose était d'un heureux effet sur le caractère de sa fille. Et elle encourageait l'intimité des deux amies.

Rose racontait à Hortense tout son voyage d'Egypte et lui parlait beaucoup de Fatima, de Jolicœur aussi, et surtout de Rivoli qu'elle regrettait de n'avoir pas amené.

— Il aurait couru avec tant de plaisir dans le parc ! disait-elle.

— Hortense s'intéressait beaucoup au caniche et se faisait raconter les jolis tours que le hussard avait appris à Rivoli.

Un jour, en courant près du perron, Hortense avait perdu l'équilibre et était tombée sur le sable.

Son amie s'élança près d'elle.

— Tu t'es fait mal ? demanda-t-elle.

— Pas beaucoup ! fit Hortense qui s'était remise debout ; un peu, au genou.

Elle avait dénoué les rubans de ses chaussures et fait glisser le fin bas blanc qui enserrait sa jambe, une petite écorchure saignait sur le genou.

— Peuh ! ce ne sera rien, dit-elle ; mais Rose qui s'était penchée vers son amie eut une exclamation.

— Tiens ! c'est drôle ! Cette petite tâche que tu as là (et

elle désignait une sorte de petite fraise posée sur la cheville d'Hortense) j'en ai une toute pareille sur le bras.

Et relevant sa manche, la jeune fille montrait près de son épaule un signe identique en effet.

Hortense s'était mise à rire.

— Chez nous, c'est une marque de famille, dit-elle. Maman l'a près du cou, et une de mes tantes au bras comme toi... C'est drôle que tu l'aies aussi !...

La fillette ne pensait déjà plus à son genou qu'elle avait légèrement mouillé avec de la salive ; elles reprirent toutes deux leurs jeux dans le parc.

Le soir, Hortense dit à Edgar :

— Tu ne sais pas, le signe des Penhoël que nous ne croyons qu'à nous seuls, Rose l'a aussi sur le bras.

Le jeune homme avait tressailli, il ne répondit rien à sa sœur, il avait passé la main sur son front et murmurait :

— On ne pourra donc jamais faire la lumière !...

. . . .

M. Pausanias était revenu ravi de son excursion à Carnac. Il avait trouvé un interlocuteur digne de lui dans un vieil émigré, M. de Juliac, ami intime de la famille de Penhoël et qui s'était aussi, en son exil en Allemagne, occupé d'archéologie. Les deux hommes discutaient à perte de vue et ne se trouvaient jamais d'accord sur les origines et la signification des alignements.

— Ils vont se manger bientôt, disait Louis en riant.

Mais les deux savants après leurs querelles n'en paraissaient pas moins bons amis et reprenaient le lendemain inlassablement leurs controverses.

M. Porlier avait pris force notes, toutes ses poches étaient pleines de paperasses griffonées en tous sens.

— Et quand on pense qu'il se reconnaît là-dedans, disait Hortense avec admiration.

Rose habituée aux façons de son oncle, riait de l'étonnement d'Hortense.

Un soir, dans le feu d'une discussion avec M. de Juliac, M. Pausanias voulut convaincre son contradicteur par un argument décisif qu'il avait copié le matin même; mais il fallait trouver le document au milieu des nombreux papiers dont s'encombrait le vieux savant. L'archéologue explorait toutes ses poches, en tirait des feuillets qu'il lisait hâtivement et repliait, enfin, il sortit de sa redingote un petit carnet bourré de papiers, c'était le portefeuille de Rose; à présent qu'il ne contenait plus la lettre remise à Mme de Penhoël, l'archéologue n'avait pu juger utile de le conserver, et le carnet lui avait fourni un endroit de plus pour fourrer ses paperasses.

— Oh! mon bon oncle, s'écria Rose, regardez-moi si ce carnet est bourré; le cuir va éclater...

La jeune fille avait pris le petit portefeuille et le retournait.

— Donne, donne, fit vivement Pausanias, tu vas égarer mes notes.

Mais Rose essayait de rentrer regulièrement les papiers dans une des pochettes; sous son effort le cuir qui formait la couverture avait cédé.

— Tenez! qu'est-ce que je vous disais? fit Rosette.

— Mais c'est toi qui l'as déchiré, s'écria Pausanias.

La jeune fille soulevait le cuir.

— Tiens? qu'est-ce que c'est ça! s'exclama-t-elle.

Entre la peau et l'étoffe de soie de la doublure apparaissait un portrait. C'était une miniature représentant un vieillard de haute mine, poudré et cravaté de dentelles.

Tout le monde s'était penché pour voir l'image que Rosette avait tendue à son oncle.

Mme de Penhoël avait eu une exclamation et avait porté la main à son cœur.

— Il y a aussi un papier dit Rose.

— Dépliez-le, dépliez-le, fit vivement Edgar qui avait l'air très ému.

Rosette lisait déjà :

« Bien malade et prêt à mourir, je tiens à certifier ici que
« j'ai épousé en bonne et dûe forme, Jeanne-Louise-Fagon, et
« qu'elle m'a donné une fille, Jeanne-Rose, née à Paris le 17
« octobre 1783 et qui est bien l'héritière véritable et légitime
« des Penhoël. Si après ma mort survenait celle de ma femme,

« je désire que ma fille soit conduite chez mon père au château « de Penhoël près Lorient. Elle lui remettra cette pièce et « cette miniature. Peut-être voudra-t-il accorder à cette inno- « cente le pardon qu'il a refusé à son fils. Je meurs en lui « renouvelant les assurances du respect et de l'affection que « j'ai toujours eu pour lui et qu'il a méconnu par suite d'un « douloureux malentendu qui brisé ma vie ».

C'était signé : ARMAND DE PENHOËL, *dit Fagon.*

Avec cette date : 18 décembre 1786.

Mme de Penhoël avait de nouveau jeté un cri et défaillait.

— Armand, c'était lui, murmurait-elle d'une voix entrecoupée comme il a dû souffrir !...

Edgar s'était levé.

— Je m'en étais toujours douté que vous étiez notre cousine... j'en ai eu maintes fois le pressentiment.

Les autres spectateurs avaient assisté stupéfaits à ce coup de théâtre.

— Votre cousine, répéta machinalement M. Porlier.

— Eh, oui ! la fille d'Armand de Penhoël, depuis longtemps, je lui trouvais un air de famille.

— C'est pour ça que tu as le signe des Penhoël, s'exlama Hortense.

Sa mère dont les larmes coulaient abondamment avait prit Rose dans ses bras :

— Sa fille, murmurait-elle, la fille de mon frère chéri et tant pleuré ! C'est pour cela que j'aimais tant tes yeux !... les siens !...

Les premiers moments de surprise et d'émotion calmés, Rosette avait saisi la miniature et la regardait.

— C'est notre grand-père, lui dit Edgar.

La jeune fille passait sa main sur son front comme pour en mieux dégager sa pensée.

— Il me semble que je me souviens, dit-elle tout à coup. Ce portrait... papa me le faisait embrasser !... Et puis, un jour, on l'a placé dans cette pochette en disant : « Il ne faudra jamais le perdre... ». Oh ! je me rapelle bien à présent ! Maman était couchée et moi sur les genoux de papa. Il a dit quelque chose à maman qui a pleuré... Et puis, et puis, je ne sais plus, murmura Rose dont la voix se brisait par suite de son émotion.

— Attendez-donc, fit à son tour M. Porlier, à moi aussi un souvenir me revient. Ma pauvre vieille Nanette disait toujours que la mère de Rose avait voulu parler avant de mourir. La paralysie qui l'avait envahie brusquement dans les derniers jours lui avait fait perdre l'usage de la parole, mais « Sûr que c'te pauvre créature voulait dire quelque chose avant de partir là-bas », disait ma vieille servante dans son langage populaire. Sans doute était-ce l'existence de ce portefeuille et surtout le secret qu'il contenait que la moribonde voulait révéler à ses voisines pour assurer l'avenir de sa fille.

— Probablement.

— Mais comment expliquez-vous, que ce portrait et ce papier n'aient jamais été découverts? demanda M. de Juliac.

— J'ai pourtant bien tourné et retourné ce carnet, dit Edgar; il m'attirait voyez-vous.

— Les deux pièces avaient adhéré hermétiquement contre le cuir, elle étaient fort minces, c'est pourquoi, on n'en avait pas soupçonné la présence.

— Enfin ! dit Edgar, ne cherchons pas à expliquer le passé et remercions le ciel qui nous a tous réunis aujourd'hui.

— Tout cela, c'est grâce à Rivoli ! s'écria joyeusement Louis de Penhoël quand l'attendrissement général fut un peu dissipé.

— Comment cela?

— Parbleu ! si Rose ne l'avait pas recueilli à Malte, Edgar ne serait pas intervenu et nous n'aurions jamais retrouvé notre cousine.

— C'est vrai ! s'exclama Rosette qui reprenait son entrain et sa gaîté ordinaires. Et vous, mon oncle qui étiez si fâché que j'ai ramené le chien !

On s'était mis à rire du ton indigné de la jeune fille.

— Les voies de la Providence sont impénétrables ! dit Mme de Penhoël en concluant.

Royat, septembre 1911.

Table des Chapitres

Imprimé et Relié dans mes Ateliers

37, rue Gandon, 37

PARIS

www.ingramcontent.com/pod-product-compliance
Ingram Content Group UK Ltd.
Pitfield, Milton Keynes, MK11 3LW, UK
UKHW031853260826
14628UKWH00002B/745

9 782019 928353